凛《りん》として

女性の社会進出に道を開いた下田歌子

仲俊二郎

栄光出版社

凜《りん》として　目次

凜《りん》として

―女性の社会進出に道を開いた下田歌子―

1　ぬれぎぬ

平民新聞の記事を下田歌子が知ったのは、渋谷常磐松にある実践女学校（現実践女子大学）の構内にいた午後のことである。受け持っている「東洋女徳」の講義が終わり、これから四谷の学習院（現学習院大学）へ行く前に、校長室で一息ついて熱いお茶を飲んでいた時だった。ドアのノックと共に、副校長の青木文造が曲がった線のような細い目をしばたたかせ、困惑した表情で入ってきた。

「実はこんな新聞記事があるんですが、知っておられましたか」

と言って、戸惑い気味に新聞の束を差し出し、机の上に置いた。

見ると、横書きの筆文字で「平民新聞」と書かれた大衆紙だ。一番上に載っている号は明治四十年（一九〇七）二月二十三日付となっている。

「あらっ、これって、幸徳秋水や堺利彦らが発行する社会主義系の反政府新聞ですよね」

紙上で非戦論と労働者の団結を声高に唱えていて、一年前の明治三十九年には、この二人がマルクスとエンゲルスの「共産党宣言」を翻訳発表したのを知っている。

歌子はつられるように手にとったが、読みはじめた目が一瞬、こわばった。第三面の冒頭に「妖婦《ようふ》下田《しもだ》歌子《うたこ》！」というおどろおどろしい下品な文字が躍《おど》っている。だが瞬時の間さえ感じさせないほどの素早さで冷静さを取り戻し、眼鏡に手をやりながら、口元を強く引き締めて、活字を追った。


妖婦《ようふ》下田歌子！

　罪悪の下《もと》必ず女子ありとや、罪の子として冷酷なる人類に鞭《むち》うたるる者は嘗《かつ》ては之《こ》れ天使の如き者なりしよ、桜花《おうか》の如き美貌と熱火《ねっか》の如き感情に過《あやま》られて虚栄の悪酒《あくしゅ》に酔い、権勢の果実に狂《きょう》し、其《そ》の十五の年に於《お》いて初めて歓喜の生涯の幕を開いて得意と傲慢《ごうまん》と悲哀と恨愁《こんしゅう》の歴史を送って、漸《ようや》く秋風橋頭白髪《しゅうふうきょうとうはくはつ》を歎《たん》ずる（筆者……秋風の吹く橋のたもとで白髪を嘆く）の時来《きた》らんとする下田歌子よ、彼女の一眄《いちべん》に悩殺され、彼女の掌《しょう》裡《り》に翻弄《ほんろう》されたる者抑《そ》も幾人《いくにん》ぞ、彼女を傷つけたる色摩狂は、曰《いわ》く伊藤博文《ひろぶみ》、井上馨《かおる》、土方《ひじかた》久元、山県有朋《やまがたありとも》、彼女が玩《もてあそ》びたる情夫は、曰《いわ》く黒田長成、秋山定輔、望月小太郎、田中光顕《みつあき》、林田亀太郎、三島通良、多情を経《けい》（縦糸）とし多恨を緯《い》（横糸）とする者は彼女の歴史也《なり》、生涯也《なり》、吾人《ごじん》は今日の女学生が理想して措《お》かざる下田歌子を、一個の妖婦として毒婦として爬羅《はら》剔抉《てきけつ》し（欠点や秘密をあばき出す）、彼女の満身をして完膚《かんぷ》なからしめんとす、只憾《ただうら》むらくは記者は爛錦《らんきん》を裁《た》ち美花《びか》を摘《つ》むの伎倆《ぎりょう》を有せず。然《しか》れども只《ただ》正直に大胆に彼女の面影《めんえい》を描き出して、読者をして戦慄せしめんことを期す。

明《みょう》廿《にじゅう》四日《よっか》の紙上より連載

ばかばかしい。よくもこんなデタラメが書けたものだ。歌子は憤怒《ふんど》を力ずくで心中に圧殺し、オクターブの高いあきれた声で青木に言った。

「伊藤公爵や井上侯爵、山県公爵、田中伯爵らの皆さん方、揃いも揃って全員が色摩狂で、私の情夫とはねえ。そんな人たちを私が軒並み籠絡《ろうらく》して、出世を果たした妖婦だなんて……」

「本当に唖然として物が言えません。二日目も三日目もその後も、ずっとこの調子で書いていますよ。これほどまで下田校長を攻撃する平民新聞の意図が何なのか、怖いですね。くれぐれも用心なさって下さい」

歌子は青木に促されるように、続けて、連載記事に目を走らせた。

「あらあら、これを見て。私が昔、藤公さん（伊藤博文公爵の愛称）の私生児を産み落としたって書いてある」

それだけではない。「男子は歌子を讃美す」と題する個所で、伊藤公爵ら以外にも、井上毅子爵《こわし》、大隈《おおくま》重信伯爵、三条実美公爵、陸奥《むつ》宗光、松方正義、岩崎弥之助、渋沢栄一ら、並みいる政府高官や実業家とも片っ端から密通したと決めつけ、淫売婦《いんばい》だの吉原の花魁《おいらん》だの、眉をしかめたくなるような下品な言葉をこれでもかと浴びせかけて、「下田歌子を抹殺する」と紙上で公言しているのだ。

伊藤狒々《ひひ》候は歌子を論ずるや、必ず『下田さんは大臣になる器度《うつわ》があります』と云い、大隈銅臭《どうしゅう》伯は『下田歌子君は真の女傑だ、其《そ》の大胆な処《ところ》とズウズウしき処は大陸的の女傑だろう』と云《い》う……井上詐欺《さぎ》伯は『下田さんは男であったら大臣にして見たい。生《いき》馬《うま》の眼を抜くとは斯《こ》ういう女丈夫《じょじょうふ》だ』と讃美し、山県老奸《かん》候は『下田歌子というような縹緻《きりょう》や才学はどうしてどうして昔から日本にはありますまい、清少納言、紫式部の後からコンナえらい女は生まれたものはありますまい』とムヤミヤタラト御感状《ごかんじょう》を捧《ささ》げしとは何の理由にや、或《ある》口悪き男は『ベラボーメ元老という狒々《ひひ》親爺《おやじ》が一人の女《あま》っちょを口から出任《でまか》せに褒《ほ》めちぎるとは何の事だい、共同便所の功徳《くどく》を讃《ほ》めるという筆法だ』とマサカ天下の名媛、海内《かいだい》（筆者……天下）の女《じょ》秀才、正五位《しょうごい》学習院女子部長下田歌子女史を吉原《よしわら》あたりのチョンチョン格子《ごうし》の花魁《おいらん》と同一視するはもっての外《ほか》の不都合なる次第なり。


　歌子は話にならないというふうにゆっくりと首を横に振りながら、

――藤公さんといえば……。

と、二十年余り前のことを思い出していた。とんでもない噂をたてられたことがあった。下田歌子が伊藤博文に強姦されたというのだ。確かにそうだと誤解されかねない行動があったのは事実である。だが身にやましいところはないので放置しておいた。

　ところが今回は前とは様子が違う。瓦版もどきの三文新聞に載せるとか、片隅で語られたヒソヒソ話的な中傷ではなく、大衆新聞で大々的に取り上げている。何十年も前のお蔵入り同然の古いネタなのに、どういうわけか、それをわざわざほじくり出してきて、さらに尾ひれ背びれをつける念の入りようだ。歌子はため息をついた。

「青木先生、こんな下らない新聞は放っておきましょうよ。相手にしても仕様がありませんわ」

　それしか言葉が出てこない。伊藤博文や大隈重信、井上馨、山県有朋などが「下田歌子」をほめるのには理由があると記事は言い、それは共に自分と性的な関係をもったからだと、「共同便所」という下品な言葉遣いで言い放ち、自分を吉原の花魁呼ばわりするという放言ぶりなのだ。

「放っておこう」と言いながら、歌子はそれでも気になるのか、一気に十数日分を速読すると、机の引き出しにしまった。そして残りのお茶を飲み干してから、気分を入れ替えるように背筋を正し、「じゃあ」と言って、書類を入れた風呂敷包みを抱えて立ち上がった。これから学習院院長の乃木希典《まれすけ》との打ち合わせが待っている。

　青木文造は不安を消せない表情のまま、部屋の中で小さく頭を下げ、校長を見送った。が、やはりまだまだ何か言い足りないらしく、やや遅れてついてきた。

　歌子は校門の手前でちょっと立ち止まって後ろを振り返り、姿勢を正した。二言三言、青木と言葉を交わしたのち、いつもそうするように玄関に掲げた国旗の日の丸に礼をして、待たせてあった人力車に乗り込んだ。

　三月に入ったにもかかわらず、ここしばらくみぞれ模様の薄暗い寒空が続いていたが、今日は一転、からりと晴れて、本格的な春を思わせる柔らかい光が広い道路一面に降り注いでいる。風もない。人と車、時には馬車が行き交い、賑わいがある。

とんだ濡れぎぬをかぶせられたものだ。せっかくの快晴だというのに、気分が壊れ、台無しである。四谷尾張町の学習院まで行く途上だが、車夫に人力車の幌《ほろ》を上げてもらい、高い松並木に広がる澄んだ青空の空間をまぶしそうに見上げながら、嫌な思いを放散したいとばかりに深く息を吸い込んだ。

やがて松並木が切れて、寺院の裏側へ曲がった。鬱蒼と茂った竹林が続き、高い土塀に沿って一直線に進む。人影が消え、夕刻のような陰気さに包まれたとき、不意に後方を走る人力車が目の端に入った。

何だかおかしい。背筋に緊張が走った。今まで気づかなかったが、どうも後をつけられているような気がする。そういえば、広い松並木を走っていた時も、どこへも曲がらずに、ずっと後方にいた。竹林の裏道に入った今も、それは続いている。ふと青木副校長の「用心せよ」と言った言葉が耳によみがえった。

——暗殺か！

まさか……。とっさに胸に手をやったが、指に手ごたえがない。懐剣を忍ばせてこなかったことを後悔した。二十年ほど前に懇意にしていた初代文部大臣の森有禮《ありのり》が国粋主義者に暗殺された。人ごとではない。

その十年ほど前にも大久保利通宮内卿が近くの紀尾井坂で殺されている。ちょうど宮中で美子《はるこ》皇后陛下のお側《そば》で歌会をしていた時にその報せを聞き、体が震えたのを思い出した。有名無名にかかわらず、意見の違う相手には問答無用で抹殺に走る風潮は、幕末をとうに過ぎた今も変わっていない。たびたび悲劇は起こっている。

だが歌子は怯《おび》えるにはもう若くはなかった。瞬時に肝《きも》を据えた。上体をぐいと伸ばして大げさに振り返り、近づく相手に一瞥《いちべつ》を突き刺した。一人は見知らぬ顔だ。がもう一人の中年男は急に帽子で顔を覆って反対側を向いたが、背格好からすぐに分かった。あの男、「華族女学校」を解雇された教師に違いない。

後ろの人力車は急に速度を落とし、そのうち見えなくなった。暗殺などと、考えすぎだったと苦笑したが、こちらの動きを見張っていたのは間違いなかろう。もう一人は平民新聞の記者ではないのか。きっとそうに違いないと思った。

あの男だけに限らない。去年やむを得ず彼を解雇したのだが、その解雇された教師たち十数名が自分を逆恨みし、徒党を組んで毎日のように悪口を言いふらしている。歌子は人力車に座った背筋をいっそう正し、もう一度大きく息を吸ったあと、これまでの苦労、とりわけこの一年ほどの出来事を思い出していた。

二十八歳で私立学校開設を東京府に届け出、それから四半世紀が過ぎた。教育界にあって、寸暇を惜しむほどの忙しさはもう習いになっている。今から八年前の明治三十二年（一八九九）に創設した実践女学校の校長を務めるかたわら、同時に去年の四月から学習院の教授兼女学部長の要職にも就いた。実はその直前の三月まで華族の子女を対象とした華族女学校の教授兼学監もしていて、その女学校が学習院に併合されたのを機に、新たにそこの要職に就いたのだ。だから今は実践女学校と学習院の両方で教えている。

――それにしてもきつい仕事だった。

覚悟はしていたものの、解雇というのがこれほど厳しい仕事だとは予想を超えていた。学習院に合併はされても、華族女学校の教師全員がそのまま生き残れるわけではない。学習院の一部教師も含め、質の悪い十数名に去ってもらったのだが、説得交渉の気疲れもさることながら、解雇され廃官となった彼らが、学監だった自分に深い恨みを抱き、いまだに執拗に刃向かってくるのだ。

ありもしない誹謗中傷をでっち上げ、騒ぎ立て、それを生徒や父兄に言いふらすばかりか、あらゆるツテを使って、大衆新聞や娯楽雑誌などにも載せる。それも二度や三度ではない。これらの妨害活動を見聞きしない日はほとんどないと言っていいくらいだ。噂が噂を呼び、人の口から口、目から目、耳から耳へと、尾ひれがついてどんどん広がっていった。今回の平民新聞だって、彼らが噛んでいるのは先ほどのあの男が証明している。

華族女学校が四谷仲町に開校したのは明治十八年（一八八五）で、それ以降、学習院に併合されるまでの二十一年間の長きにわたり、歌子はそこの事実上の校長として運営に携わってきた。

開校直前の明治十七年に宮内卿の伊藤博文は華族令を発布し、爵位制度を発足させた。公爵、侯爵、伯爵、子爵、男爵の五階を定め、維新前の公家や諸侯以外に、国家の功労者にも爵位を与えて華族とした。

その目的は六年後に開設する国会に貴族院を設けるための制度作りであるが、それに劣らない重要さで、日本のはるか先を行く欧米列強の水準に一歩でも近づくべく、女子教育の必要性を痛感していた伊藤は、この華族令をきっかけに華族の子女を教育するための「華族女学校」を創設したのだった。

当時歌子は宮内省女官として宮中で美子《はるこ》皇后陛下のお側《そば》に仕え、皇后が長年女子教育の実現を望んでおられるのをお聞きし、畏《おそ》れ多いことながら、求められるままに教育者としての自らの積極的な意見を具申していた。すでに明治十四年の二十八歳のときに世間に先駆け、麹町元薗町に桃夭《とうよう》女塾という学校を興《おこ》して塾長となり、大臣や参議などの上流家庭の令嬢、さらにはその母親らの教育活動に身を置いていたので、進言する言葉には実体験に基づいた力強さがあった。

元々この桃夭女塾創立にあたっては、伊藤博文や土方久元伯爵（後の農商務大臣、宮内大臣、枢密顧問官）、井上毅子爵（後の枢密顧問官、文部大臣）らから懇願された経緯がある。

「あなたならば、安んじて自分らの女《むすめ》をお預けできる。一切をお任せするから、どうか思う存分に教育してほしい」

当然ながら彼らの娘は入塾し、そのうち妻たちも個別指導という形の生徒となって、歌子から和歌の添削や国学、漢学などの講義を受けた。そんな関係で伊藤ら政界の重鎮と歌子との距離がいっそう近づくこととなった。

男尊女卑のこの時代、政府高官を相手に、男女間で上下でない対等な関係を築くなど、とても考えられない破天荒な出来事である。「女子」という分際を離れ、歌子は臆することなく、彼らと頻繁に会見したり食事をしたり、歓談する。教育論だけでなく、日本が置かれた時勢についても真剣な議論を交わした。

これが世間の男たちには奇異に映り、あらぬ憶測を呼んだ。

「女だてらに……」

というのがずっしりと彼らの頭にある。女であるというただそのことだけで、社会のあらゆる可能性から排除される「男の時代」なのだ。女は子を産み、育てるだけの存在、端的に言うなら、道具に過ぎないとみなされた。社会的な意思の表明は許されなかった。そういう偏見の時代を背にして歌子は生きねばならなかったのである。

動作に女らしい曲線的なところがあるかと思えば、まっすぐな棒を思わせる意思の強さと行動力もあり、二つの対極を併せ持っている。このことが人の目には、何か不当な矛盾のように映り、胡散《うさん》臭いものを想像させたのだ。

明治になったとはいえ、江戸時代から連綿と続く封建的な男社会の中で、目を見張るほどの美女が、しかもたった一人で、どうして海千山千の政治家たちと対等に渡り合えるのか。そこには何かいかがわしい取り引きがあるのではないか。きっとそうに違いないと、そんな男女の性的な匂いの存在を喧伝《けんでん》するような誹謗中傷が、もう何十年もの長きにわたって執拗に飛び交っていた。そこには歌子の異例の出世に対する世間一般の妬《ねた》みも深くからんでいたことも間違いない。実際、女としては日本で一番高給取りのキャリアウーマンであり、出世頭《がしら》であった。

そして後年になって、この流言の火にまるで最後の仕上げをするかのように、せっせと油を注いで回ったのが華族女学校を解雇された教員たちだった。

伊藤博文ら政府高官は桃夭女塾などを通じて歌子との交際が深まるにつれ、ますます彼女の博識と女子教育への熱意、さらには時勢に対する鋭い洞察力と、時流を見抜く卓見に感銘した。欧米列強による植民地化の嵐が吹き荒れるなか、生まれたばかりの赤子の日本国は一体どう生きればいいのか。そのための教育はどうあるべきかなど、闊達な議論を交わした。そしていつの時も論理的で的確に答える彼女の底知れない能力に舌を巻いた。

「下田教授は大臣になる器《うつわ》である」というのは伊藤がよく言った台詞《せりふ》であった。荒波のしぶきで鍛えられたようなその大胆さは、とても女とは思えない。井上馨なども同様の感想を述べている。「下田さんが男であったなら、大臣にしてみたい。生き馬の眼を抜くというのは、こういう女丈夫《じょじょうふ》をいうのだ」

彼らに負けず、ジャーナリストの徳富蘇峰もこう応じたという。

「彼女を支持する勢力は実に広い。畏《おそ》れながら宮廷や名門の上より、政治家若《も》しくは上流社会に拡がっている。若し彼女にして政治的野心があったならば、大なる足跡を時代の歴史に遺《のこ》したかもしれぬ」

伊藤自身、国の教育政策を構築し、推進するにあたり、歌子を大いに利用したところがある。美子皇后の歌子に対する信任は誠に厚く、その意味で伊藤にとって、歌子は皇后陛下が女子教育についてどう考えておられるかを知る貴重な情報源である。歌子の方にも、理想実現のためには学校教育に関する法整備や制度設計のみならず、現実に莫大な資金や土地の払い下げが必要であり、伊藤の力を借りたいというしたたかな計算があった。

そういう雰囲気の中で、華族女学校が創設されたのであるが、歌子を教授に任命することに宮内卿の伊藤に迷いはなかった。いや、むしろ当初からそう考えていた。

かくして明治十七年、皇后陛下の熱望を受け、伊藤博文が謹んでそれに賛意を示す形で、天皇陛下の勅裁《ちょくさい》を仰いで華族女学校創設が決まった。校長は形式的に谷干城《たにたてき》子爵（後の農商務大臣）である。（谷は七年前に起きた西南の役のとき熊本鎮台司令官として、西郷軍の攻撃から城を死守した武人で、今は学習院の院長を務めていることもあり、華族女学校は形だけの兼任となった。

歌子は俄然忙しくなった。開校まで一年しかない。役所や関係者との折衝に加え、教員の採用から授業内容、生徒心得の決定など、運営面すべてにわたり伊藤宮内卿や高官らと相談しながら東奔西走し、実質一人で馬車馬のような勢いと、アリを思わせる勤勉さで精力的に実務をこなした。この時期、教育者というだけでなく、まさにタイムマネジメントに秀でた有能な実業家の顔であった。

開校時の生徒は、「学習院」女子部から移ってきた三十八名に、編入試験に受かった歌子経営の桃夭女塾の生徒六十名が合流し、さらに新規の入学志望者からも選抜して、計百四十三名でスタートした。

それから二十一年の歳月が流れた明治三十九年（一九〇六）、日露戦争勝利のあと突然宮内省令が出され、華族女学校が廃止されて再び元の学習院に併合された。学習院女学部の誕生である。

その誕生前の三月下旬、歌子は宮内大臣の田中光顕に呼ばれてその旨を告げられた。

「君には教授兼女学部長になってもらい、この合併を必ずや成功させていただきたいのです」

と前置きがあったあと、そのためには内部改革は待ったなしで、とりわけ質の悪い教員を急ぎ廃官にしてほしいと要望された。

歌子は改革の必要性は痛感していたところであり、その任に当たることを決然と述べ、改めて大臣の目をキッと見据えて付け加えた。ふっくらした色白の頬が朱で引き締まり、澄んだ瞳に切れるような強い意志の光が宿っている。

「今、待ったなしとおっしゃいましたが、旧弊を廃して新しい空気を入れるには、短くても三年の歳月がいります。完結を期するなら、恐らく十年はかかるでしょう。しかしこれを実行する者は、必ず攻撃の矢弾を受けますし、その覚悟が必要です。不肖、私はその矢弾に耐える覚悟でいますが、問題は、官側の当局者諸公が動揺されはしないかと……」

田中宮内大臣は大きく手を横に振った。厚い下唇がきびきび動き、意思の固さを見せつけた。

「いやいや、君のことはすでに百方から、いろんな攻撃を聞いていましてな。今に始まったことではありません。君もお分かりでしょう。で実際に調査をしてみました。その結果、君の言動の青天白日なることが証明されています。もはや吾輩《わがはい》には一点の疑うべき余地もありません。今後、いかなる誹謗中傷があっても、吾輩が当局にいるあいだは、決して決して心を労すことのないよう願います」

歌子は深く頭を下げ、感謝の意を表した。学習院のため、ひいては国のためなら、波高けれど我れ行かん。そんな気概がふつふつと胸に湧き上がっている。

このとき歌子が受け取った辞令は、高等官二等、四級俸であった。高等官というのは明治憲法下で一部の上層官吏につけられた等級だ。最上位は親任官で、天皇が直接任命し、これには内閣総理大臣や国務大臣、朝鮮総督、台湾総督、東京都長官、枢密院議長、検事総長、陸軍大将、海軍大将などがある。次の位に勅任官があり、高等官一等、二等に分かれる。さらに高等官三等から九等までを奏任官と呼んだ。

歌子の高等官二等というのは、文官では内閣書記官長、法制局長官、各省次官、官立大学長、大使館参事官、警視総監、各府県知事、武官では中将と少将などにあたる。女子にあっては破格の高位であった。いやが上にも世間から注目を浴び、女性の憧れとしての存在を不動にする一方、同時に嫉妬と羨望の火もいっそう燃え盛ることになる。

さらにその動きに拍車をかけたのが歌子の叙勲である。同じ年の十二月の暮れ、女性の身で正四位《しょうしい》に叙せられたのだった。

辞令を受けてからほぼ一年というもの、歌子は全身全霊で女学部の改革に打ち込み、ようやく成果が見えてきた。生徒や父兄の目にも喜びと希望の色が現われ、声に出して語り合う者もいる。大衆マスコミや心ない輩《やから》たちからの誹謗中傷が止むことなく浴びせられるなか、これは力強い励ましであった。

そんな状況であっても、いつものことながら反論や弁解という言葉は頭の中に微塵も浮かばなかった。根も葉もない中傷など、放っておけばいいと思っている。自らが潔癖であれば、うろたえることは何もない。己《おのれ》を信じてひたすら進んでいけばよいのだ。そんな凛《りん》とした、古武士を思わせる精神の強さを歌子は持っていた。

子供の頃から十八史略（中国の元の曾先之によってまとめられた子供向けの歴史読本）や四書五経（儒教の文献の中で特に重要とされる四書と五経の総称）、唐詩選（唐代の漢詩選集）、文章軌範（科挙受験者のために編集された模範文集）などを読んで暗誦し、儒学を学び、和歌を詠《よ》んで育った。漢学と国学の学者である祖父と父の影響を受け、国士ともいえる筋金入りの武士魂を持った女丈夫《じょじょうふ》なのだ。平民新聞の攻撃を知っても、不快感こそ抱きはしたが、外に向かって抗議するなどの考えはない。

竹林の裏通りを曲がり、再び大通りに出ると、急に馬車や人力車の数が増えてきた。明治十四年に、江戸時代からあった右側通行から左側通行に改められたのだが、いまだに守らない車や人が多く、突き当たりそうになる。四谷に近づくにつれ、次第に心も静まり、余裕が戻ってきた。

――ばかばかしい。

その一言だと思った。

若い頃は宮中で皇后のお側に仕えた身である。どうしてそんな破廉恥きわまる痴態を演ずることが出来るというのか。御歌所で歌の相手を仰せつけられたり、皇后の行啓《ぎょうけい》にあちこちお供《とも》したり、常宮昌子、周宮房子両内親王殿下の御教育係も務めさせていただいた。天皇陛下のお近くに参じたことも数知れない。一方、今日学校では、女子学生たちに源氏物語や大鏡などの国文学を講義し、修身を説いて、東洋婦徳の思想を教えている。そんな立場の人間が出世のために、取っかえ引っかえ権力者たちを性的に誘惑し、妊娠しては堕胎を繰り返し、その同じ面《つら》を下げて平然と学校で道徳を講じていると、平民新聞は叫んでいるのだから、お笑い草である。

ふと顎ヒゲを生やした伊藤博文の人懐っこい顔が浮かんだ。

「はっはっは。そんなものは放っておけばいい。気にしなさんな」

と、豪放磊落《らいらく》に笑い飛ばしそうである。そう言えば、藤公さんも昔は大衆新聞の「万朝《よろずちょう》報《ほう》」にたびたび登場し、世間を賑わせていた。そう思うと、歌子は少し気が楽になった。

万朝報は有名人、無名人を問わず、彼らを標的にした過激な醜聞暴露を売り物にしている。目立つようにと、わざわざ桃色の用紙に書いて、そのため「赤新聞」と呼ばれたのだが、大衆受けを狙って成功した。一時は、発行部数十万部を超す帝都一の大新聞であった。スキャンダルはいつも第三面に掲載されたので、「三面記事」という用語を生んだ。

世間では「妾《めかけ》を持つのは男の甲斐性《かいしょう》」と広く言われていて、実際、堂々と芸者を囲ったり、妻以外に愛人をもつ有力者たちは多くいた。そんな女性軽視の社会風潮に目をつけた黒岩涙香が、「一夫多妻の蛮風を糾弾する」という衝撃的な看板を掲げ、明治二十五年に万朝報を創刊したのだった。

第三面に「蓄妾の実例」と銘打って、スキャンダルの主人公の実名だけでなく、住所、家族構成、経緯、行動などを事細かく記し、大衆の目にさらした。徹底的にプライバシーを暴露したのだが、事実もあればねつ造もあり、言いたい放題の扇情的大衆紙なのである。伊藤もたびたび被害をこうむっている。

――その被害の一つに……。

と歌子は記憶をたぐるように、視線を遠くに泳がせた。あれはちょうど新橋の宴席にいた時だ。藤公さんと芸者ら大勢で酒を酌み交わしながら一緒に紙面を見たのだが、こんな意味の記述があったように思う。

「……伊藤博文は好色な男である。かねてから侯爵邸へ出入りしているさる土木請負業者の長女を囲っていたのだが、その長女が亡くなった。するとすぐさま下の妹を手に入れ、その妹がまた十九を一期《いちご》（最後）に死去すると、十六の次の妹を懇望して、今交渉中なり。一家は困惑しているが、暮らしがかかっているので早々にまとまるやもしれない……」

あのとき藤公さんは頭をかきながら、確かこんなことを笑いながら言っていたと、さらなる記憶がよみがえった。

「下田教授、この記事はいくらなんでもひど過ぎますぞ。嘘もほどほどにしてほしい。知らない人間が読んだら、どう思うかね。でも、助平な儂《わし》がいくら否定しても、誰も信用してくれないだろうけどもね」

「それはねえ、藤公さん。身から出た錆じゃあございません？」

「錆なら鉄だからまだましだよ。儂は皆から、女たちを掃く箒《ほうき》と呼ばれてるんじゃ」

「ははは。いかにも藤公さんらしい綽名《あだな》ですこと」

と気軽に冷やかしてみたけれど、今、自分が平民新聞で同じ立場に立たされ、伊藤の気持ちが痛いほど分かった。

藤公さんだけではない。万朝報の餌食になった身近な人は数えきれないと、歌子は指折り数えた。犬養毅、山県有朋、西園寺公望、森鴎外、原敬、北里柴三郎、古河市兵衛、尾上菊五郎、榎本武揚などの人たちが、あることないことを洗いざらい大衆の前にさらされた。

振り返れば、今から少し前、明治の三十年代というのは、言論の自由というよりも、無秩序、無統制の時代だった。実名で醜行《しゅうこう》を告発、暴露し、作り事やねつ造を織り交ぜて、面白おかしく書きたてた。そうすることで社会に不満を抱く大衆の拍手喝采を得たのだ。そう歌子は理解している。

そして四十年代に入った今、再び今度は平民新聞がそのバトンを引き継ぎ、攻撃性をいっそうむき出しにして、自分を槍玉にあげた。標的を「下田歌子」に絞ったのである。

実践女学校の門を出る前、青木副校長がわざわざ近づいてきて、気になることを言った。

「幸徳秋水と堺利彦、この二人は万朝報で記者をしていましたからね。スキャンダル記事はお手の物でしょう。その彼らがこのたび平民新聞を興して、下田校長を攻撃しているのですぞ」

その理由は何か。おぼろげながら分からぬではない。歌子は大きな時代の波が押し寄せてくるような予感を抱いた。

2　忍び寄る危機

学習院に着くと、女子学生たちが校庭に集まりかけていた。これから体操の授業が始まる。

風が出てきたらしい。目前に植えられた桃の、淡い紅色をした花びらが、一つ二つ三つとためらいがちに揺れ落ちた。真っ青《さお》だった空に薄雲がかすみ、その真下でまだ明るい太陽を受け、皆、三々五々に散在し、袴《はかま》姿にきりりと紫の襷《たすき》をかけて、若さとエネルギーを惜しげもなく発散させている。

歌子は自室の窓ガラス越しに遠くの彼女らを見て、ほほえましそうにうなずいた。急いで自身も同様に服装を整え、足取りも軽く駆け足で皆のところへ近寄った。五十四歳とはとても思えない若さである。

真新しい木製の台に上り、首にかけたホイッスルを吹くと、全員がてきぱきと小走りに移動して、たちまちのうちに整列した。

「さあ、みなさま。両手を上げて、深呼吸あそばしませ」

いっせいに皆の白い二の腕が上に突き出された。それがすむと、優しげで、威厳に満ちた張りのある声で号令をかけながら、徒手体操に移った。そうしている間にも歌子は、乃木希典院長が院長室からこの光景を見ているかもしれないと思った。

実はこの女子の体操をめぐって、乃木と激しく議論したことがあった。元々歌子は女子の貧相な体格について大いなる懸念を抱いていた。西欧の女子に比べ、著しく劣っていて、それがひいては生まれて来る子供にも影響すると考えた。健康面だけでなく、女子が製糸工場などで働く場合でも、すぐに体が疲れて休憩したり、欠勤したりで、経営的にも効率が悪い。そんな情景をたびたび目にした。ましてや命を懸けて戦場で戦う夫に安心してもらい、銃後の備えを十分にするためにも、体操は欠かせない。

そう考えて、社会の前例を破り、教科の中に組み入れて女子体操を実施してきたのだが、三ヵ月前、前任の山口鋭之助に代わって新しく第十代院長となった乃木が、さっそく苦言を呈したのである。

「下田部長、いったい女子の体操なんて、前代未聞ですぞ。考えてみなされ。女というのは哀れで弱いもの。妻は家庭にあって、いつも控えめに、夫をささえる存在でなければなりません」

「院長、お言葉ですが、今はもう江戸ではなく、明治の時代でございます。列強の植民地支配から日本を守るためにも、戦場における男子同様、銃後の女子も丈夫な体でなければお国の将来が危ぶまれます。だから……」

「だから、運動が必要だとおっしゃるのだろうが、運動というのはそんな生易しいものじゃない。質実剛健、スパルタ的に鍛えてこそ、精神も肉体も頑健になるのですぞ」

普段、寡黙な乃木だが、この時ばかりは下がった目尻を細かく痙攣させ、これだけは言っておかねばという気迫のこもった雄弁さで攻勢に出た。だが歌子も引き下がる気はない。女だてらにこの負けん気が、世間の反感を買っているのは承知しているが、ここで引けば日本の女子教育の未来がない。

「日清、日露と続けて戦争に勝ち、おかげで日本もやっと世界の一等国の仲間入りを果たしました。そうなるために開国以来、西洋文明を必死に取り入れてきましたが、しかしまだ追いついていないことがあります。それは女子の教育です……」

乃木が右の手のひらを歌子の前にパッと突き出し、言葉を遮った。眉間にしわを寄せ、苛立ちを抑えるのに苦労するというふうな表情を隠さない。

「ご存じですかな、部長。まさにその西洋文明が問題なんですぞ。一昔前の鹿鳴館《ろくめいかん》も困ったものだったが、今流行《はや》りの西洋舞踊は猥雑《わいざつ》な馬鹿踊りだし、それに西洋音楽や得体のしれぬエスペラント語熱、これらが如何に日本の社会を毒しているか。厄介なことに華族や軍人の中にもこの病気にかかっているのが大勢いましてな」

「確かに一部の上流階級に風紀の乱れはありましょう。でもピアノやバイオリン、ベートーベンやモーツアルトの曲、シェークスピアやシラーの詩が退廃的だとはとても思えません。むしろ情操を豊かにしてくれる良薬です」

「あなたは英国に二年間留学されていたからそう思われるのでしょうけど、私にはこれほどの憂いはありません。軍人と華族は、皇室の藩屏《はんぺい》（皇室を守護するもの）にして、かつ社会の規範たるべきである。だからこそ彼らはもっと質素な生活を実践し、精神的に強くならねばならぬのです。そう思われませんか」

　歌子はこのとき、あまりに自説を主張し過ぎて乃木と対立する危険性を意識する一方で、

「ははん……」と頭に響くものがあった。乃木がなぜ軍人参議官の現職のままで学習院院長を兼任しているのか。それは若い学生たちを日本的な古い精神主義で鍛え直し、校内に漂う欧風的雰囲気を打破するという意図があるからではないか。

　その証拠の一つを歌子は先日、はからずも目撃していた。たまたま校内にある家畜舎の前を通ったとき、動物の悲鳴が続けざまに聞こえた。思わず窓から中を覗き見て、そのおぞましさに膝がガクンと大きく打ち、腰を抜かしそうになった。

　十数名の学生と乃木がいて、そのうちの一人の眼鏡をかけた神経質そうな学生が、生きた血みどろの豚に日本刀で切りつけているのだ。そのたびに豚は断末魔のような悲鳴を発し、狭い板囲いに突き当たるようにして逃げ惑う。中腰になっていたその学生は急に力が抜けたのか、刀を不安定に振りかざしたまま、もうやめたいというふうな目で脇にいる乃木を見上げた。乃木は裂けんばかりの鋭い目つきで一喝した。

「腰抜け！　それでも日本男児といえるのか。切れ！　もっと切れ！」

　学生は「ハア」とこちらの耳にまで聞こえてきそうな深い息を吐き出し、その勢いで逃げる豚に頭から突進して、また数回切りつけた。そこまで見届けて、乃木が一歩、進み出た。

「よしっ」

　と言って、血で汚れた豚の心臓部と思われる個所に自ら勢いよく止《とど》めの刀を突き刺した。

歌子は息を押し殺したまま気づかれないようにそっと畜舎を離れ、職員室の方へ向かった。まだ膝が震えている。噂には聞いていたが、これが乃木の言う「尚武《しょうぶ》の気（武道・武勇を重んじること）」を養うための授業なのか。

二年前の日露戦争の旅順攻撃は悲惨だった。砲弾と銃弾が雨のように飛び交うなか、最後は兵隊が手にした銃剣で殺し合い、血みどろの白兵戦が展開されて、それに打ち勝った。戦争とはそういうものだとの信念から、勝ち抜くための実戦に擬した教育をしているつもりなのだろう。だが歌子の足は重かった。こんな原始的で残酷な訓練が皇室を守る藩屏につながるのかどうか、甚だ疑問だった。

しかし歌子は乃木と議論になったとき、この豚のことに触れないだけの賢明さをもっていた。ひとたび触れてしまうと、乃木が最も大事にしている心の中の核心部分を傷つけそうな気がしたからである。

この二人の議論はそれからも二、三回続いたが、歌子に体操をやめる気がないのを乃木は知り、以後、何も言わなくなった。歌子はそれを幸い、女子の体操授業を続けている。

だが乃木の考えが変わったとは思っていない。旅順二〇三高地攻略の戦術で見せた頑固さは、この軍人の骨の髄にまでしみついた人格そのものなのだ。爆弾と鉄砲弾の雨が飛び来るなか、肉弾突撃の一本槍だった。この性格が以後、学習院の教育方針にどういう影響を及ぼすのか、不安がないわけではない。

体操の授業を終えたその日の夕刻、歌子は院長室をノックした。完成したばかりの雨天体操場の利用方法について、意見を申し出ている。今日は結論を出さねばならない。

乃木は歌子を見ると、読んでいた書物を静かに閉じ、表情を変えずに軽く黙礼をした。贅肉《ぜいにく》が削《そ》げ、皮膚が張り付いたような骨張った色黒の老顔は、年齢以上に老《ふ》けて見える。近く完成する学習院寄宿舎では、自宅を離れ、生徒と起居を共にする予定だという。謹厳で質素な生き方をそのまま現わしているようである。独りよがりともいえる精神主義には参るが、人柄は実に謙虚で、加えて天皇への忠節の深さは誰ひとり知らぬ者はいない。歌子は挨拶しながら、

――この将軍は果たして笑ったことがあるのだろうか。

と、ふと場違いな思いにとらわれた。日露戦争で一万五千人以上の将兵を戦死させ、さらには二人いた子供も同じ戦場で亡くしている。その自責と悲しみに妻と二人で黙って耐え、戦勝という個人的栄光にはいっさい振り向こうともしない我欲のなさは、はたから見ていても美しい。思わずこちらの気持ちが浄化されそうな、しんみりしたすがすがしさを覚える。その点では尊敬に値する人ではあるが、こと女子教育となると、てんで無理解なのが歌子にとって歯がゆかった。

乃木は雨天体操場を男子の武道、とりわけ剣道の指導で使おうと考え、現にすでにそうしていた。古武士的精神を若い男子生徒の魂に注入し、鍛え上げ、出来るだけ多くの陸海軍人を養成することこそが、官立の学習院が目指すべき道である。それは国に対する自分の務め

であり、崇敬する天皇への恩返しでもある。女子の教育も大切だが、先ず男あっての女だと考えた。一方、歌子としては、女子にも体操や庭球（テニス）などで使わせてほしいと思っている。

この日も同じ議論の繰り返しになった。乃木は沈着の中に激しさを宿した信念の目で、ゆっくりと諭《さと》すように言った。

「庭球、庭球とおっしゃるが、あれは実にくだらん。お分かりかな。杓子《しゃくし》のような網でボールを投げ合って遊んでおる。たとえコートに小石やでこぼこがあっても、構わぬだろう。草原でやってもいいくらいだ。この建物はやはり戦場で戦う男子の剣道と柔道に使うのが基本ではないか」

歌子はあえて穏やかな語調で反論した。乃木とのやりとりには少し慣れてきた。

「草原だなんて、ずいぶん乱暴なお言葉ですこと。それに、戦うのは男だけではありません。女にとっても銃後は戦場です。大砲や鉄砲は手にしませんが、製糸工場や武器工場で働き、親を支え、子供を育てるのは女子ではありませんか。その女子の体を鍛える運動は男子と同じように重要です。普段の時もそうですが、とりわけ雨の日はぜひ体育館を使わせて下さい」

「だからといって、ボール遊びのような西洋風の軟弱なものをしたいというのは、いかがなものか。男子がやる野外での野球も同じだが、かえって精神を堕落させるように思えるがね。実にくだらん」

「そうでしょうか。武道が男子に適しているように、体操やボール遊びは女子に適しています。たとえ男子の何分の一かの時間でも構いませんから、御一考いただけませんでしょうか」

乃木の偏見は甚だしい。いつもそうだが、歌子は一筋縄でいかない困難さを感じたが、裏表のない愚直な誠実さゆえの本心の吐露は、かえって有難いと思った。日頃、海千山千の政治家たちと付き合い、相手の言葉の裏の意味、時にはその裏の裏の隠れた意味を読み取るのに苦労する。しかし乃木ならとことん話し合えば分かってくれるのではないかと、楽観的とはいかぬまでも淡い期待を抱いた。時間はかかっても、根気よく説得したいと考えた。そしてこの日も結論は出なかった。

その後、答えの出ないまま、乃木は男子学生の行動についてだが、着々と己の信ずるところを実践させた。歌子は知らぬふりをし、意見を差し挟むのを控えた。

「平仮名はどうも女らしくていかん。和歌はともかくとして、男なら文章は片仮名がいい」

「口笛は下賤《げせん》の者のなす事なり」

「腕時計は軍隊の騎馬士官か、砲兵等の一部の者のみが用いることを許されておる。学生が持つという事はまったく無用である」

「トレーニング・パンツは下層社会の人間が着る『ももひき』や『パッチ』に似ている。競技の時は制服で行う事」

「口を結べ。口を開いているような人間は心にもしまりがない」

などと、迷いもなく命ずる。

またボート部にも難癖をつけた。上級生の選手たちを院長室に呼びつけて訓示した。

「ボートのようなペナペナした、げんこつで突けば孔のあきそうなものが何になるか。同じ漕ぐなら和船に限る。和船の櫓を漕ぐ事を稽古する方が、腕力もいるし、実用にも向くし、よほど有益だ」

乃木にかかればスポーツも形無しである。能力を限界まで競う運動競技としてではなく、戦争を意識した肉体改造と精神鍛錬の手段と考え、利用しようとした。

たまたま後日、歌子が上野公園を通り過ぎたとき、広場でガヤガヤ人声がするので何事かと近づいた。見ると、若者たちがボール遊びをしているではないか。側で見物している少年にきいた。

「これが……野球というものですか」

「ああ、そうだよ」

なるほど、と思った。小さなボールを相手に、一所懸命に投げ、打ち、走っている。二十年ほど前に正岡子規もここでやっていたのかと思うと、初めて見た運動なのに、何だか懐かしい気さえした。これは間違いなく運動である。いつか院長をおつれしたいと思った。

ところで乃木が学習院院長になったのは明治四十年一月で、天皇の意向だといわれている。天皇がとりわけ信頼し贔屓《ひいき》にした人物に、伊藤博文と佐々木高行（後に侯爵）、乃木希典の三人がいた。そのうちの乃木については、このたびの戦争で二人の息子を亡くし、失意の底に沈んでいるのを見かねて、天皇はいたく同情していた。

——戦死した二人の息子の代わりとして、多くの子供を授けてやろう。

そうすれば元気が出るだろうと、そんな思いがきっかけで院長就任の話が持ち上がった。天皇を心から崇敬している乃木に一瞬たりとも躊躇はない。即座に有難くお受けした。

しかし乃木は知らなかったが、天皇にこの話を上奏したのは山県有朋である。彼は日清戦争では五十六歳の老齢に鞭うって、第一軍司令官として自ら戦地で作戦の指揮をとり、その後の日露戦争では参謀総長として勝利に導いた。乃木は上官である山県には一点の疑心もなく、絶対服従することに喜びさえ感じるほど心酔している。二人の関係は密度の詰まった硬い岩石のように盤石《ばんじゃく》なのだ。山県はその感情を利用した。

山県には政界のドンになりたいというひそかな野望があった。それには伊藤博文が邪魔である。元々、二人は同じ長州藩士として力を合わせ、維新後の日本の近代化を進めて天皇主義国家である「大日本帝国」を築いた。だが或る時期を境として、二人はよく意見衝突をするようになった。

歌子は昔から両者とも懇意にしていて、女子教育普及にあたり大いに助けてもらった間柄だ。その恩人二人が仲たがいするのは胸の痛むことであった。しかしどちらかというと、軍人である山県には本心で語り合うのに無意識のうちに用心する気持ちが働いた。一言でいえば、疲れた。一方、文官の伊藤には、話していてもまったく肩が凝らない気安さを覚え、それにも増して、威張ったり気取ったりしない庶民的な明るさに包まれると、何だか幸せな気分になった。

日露戦争に勝ち、これによって日本は世界という舞台の中で、ようやく悲願の国家独立を果たした。ロシアが抜けて米英独仏が牛耳る世界に、五大強国の一員として仲間入りしたのである。このとき天皇は五十三歳で、一方元老の地位にいる、井上馨と松方正義が七十歳、山県と大隈が六十七歳、伊藤は六十四歳だった。誰もがまだまだ国家を背負っていこうとする気概に燃えていた。

ところが、日露戦争の結果は以後の山県と伊藤の運命を大きく変えた。当初、開戦か否かで政府内の議論は割れ、二人は対立する。そして開戦に進むのだが、戦争そのものは主戦論を唱えた参謀総長である山県を中心に、首相の桂太郎、陸相の寺内正毅《まさたけ》、満州軍総参謀長の児玉源太郎、第三軍司令官の乃木希典ら、主として「山県閥」の軍人が戦って勝った。勢い山県の力が増すことになる。

一方、戦争回避派で慎重論を唱えた伊藤博文や井上馨らは、今となっては分が悪い。ただでさえ国民から「対ロシア軟弱派」のレッテルを張られていたのが、「やっぱり……」という突き放したような負の評価に変わった。伊藤の声望は一気に落ち、逆に山県派が権力を握るのである。

終戦の翌年の明治三十八年（一九〇五）九月、国の歴史を方向づける大きな出来事があった。日露講和のポーツマス条約が結ばれ、日本はロシアから東清鉄道を接収して、満鉄を創設すると共に、大韓帝国に対する優越権が列強から承認された。そして十一月に第二次日韓協約が結ばれたのである。韓国は日本の保護国となり、漢城（後の京城、現ソウル）に韓国統監府が設置されて、誰が赴任するかで議論が起こった。

山県はこの時とばかりに伊藤が適任であると各方面へ働きかけた。

「統監府が成功するかどうかは、我が国の行く末を左右します。これほど重要で困難な仕事はないでしょう。初代統監として将来を見据えた道筋をつけるのは、人材多しといえども、伊藤公しかいません」

追い出しの底意を知った伊藤は猛反発したが、政府内では多勢に無勢、極めて不利である。びっしり張り巡らされた山県閥の固い結束の前に手も足も出ない。そして、最後は天皇陛下の登場でケリがついた。山県は天皇に巧みに根回しをし、じきじき伊藤に漢城行きを話してもらったのである。


明治三十九年二月、強い北風に小雪が舞う寒い夜だった。漢城赴任の直前という忙しい中にもかかわらず、伊藤は歌子と柳橋の料亭で送別の会食をもっている。

宴の途中で、脇にいる数名の芸者に向かい、「ちょっと」と拝むように手を合わせ、席をはずさせた。周囲に人がいないのを再度確かめると、一段と声を落とし、珍しく弱音を吐いた。

「漢城では吾輩でなければ出来ないこともあるじゃろう。行くには行くが、正直言って、弱ったよ。一応、韓国は保護国ということだけど、どうも先行きが心配でならぬわ」

「あら、心配だなんて、藤公さんらしくもない。どういうことですか」

尋ねてはみたが、歌子には読めている。国際協調重視の伊藤に対し、山県は保護国などとは生ぬるい、もっと直截的に、力ずくでも直轄地にしたい、と考えているのだ。

「山県公がどうもねえ。軍人はこれだから困る。この調子だと、いずれは直轄地にして、日本への併合を進めそうな気がしてならぬ。保護国で十分なのに……」

「その保護国ということで決まったばかりでしょう。それも韓国の力がつくまで、というふうに世間は理解していますけど……。韓国も日本も皆、同じ東洋人ですよ」

「その通り。今は東洋人同士として、手を組んで西欧に対決せねばならぬ時なのになあ。困った動きじゃよ。陸軍の力がますます強くなっちょる」

この隣国韓国との付き合い方についてだが、すでにさかのぼること二十年ほど前の明治十八年（一八八五）三月に、福沢諭吉が時事新報（福沢諭吉が創刊した日刊新聞）一面に社説の形で自説を発表している。その年の十二月には伊藤博文が初代内閣総理大臣に就任したという、実にエポックメーキングな年だった。

福沢は明治元年に改まる五ヵ月前に慶應義塾を創設していたが、そこへ、朝鮮からの最初の留学生を明治十四年から受け入れた関係で、朝鮮への理解を深めていた。清国同様、近代化に遅れた貧しい封建的な朝鮮を見、このままでは朝鮮は列強の餌食となって、確実に植民地にされてしまうと心配した。

そこで何くれと朝鮮国内の改革派を援助して近代化を企てたのだが、守旧派の反撃に遭って福沢らのクーデターは失敗した。改革の志士たちは皆殺しにされただけでなく、さらにその死体は八つ裂きにされた。そんな背景から福沢は失望し、朝鮮の近代化政策はとうてい無理だと判断して、「脱亜」の主張を時事新報に載せたのである。支那、朝鮮との絶交宣言といえるもので、その主旨はこうだ。

「支那、朝鮮は近代化を拒否し、百年にも千年にもわたって儒教や仁義礼智を教えているが、それはうわべだけのことに過ぎず、実態は道徳心のない非常に残酷な国民性をもっている。両国は数年以内に世界文明諸国によって分割されてしまうのは疑いない。支那と朝鮮は日本の助けにはならない。むしろ西洋諸国から日本も同じように見られてしまい、それは『日本国の一大不幸』だ。今や両国を近隣国として特別扱いするのではなく、むしろその仲間からはずれ、西洋列強と一緒に動こうではないか。我れは心においてアジア東方の悪友を謝絶するものである」

この社説は無記名であり、当時、福沢が書いたということを世間は知らなかった。誰にも注目されることなく、素通りした。そして長いあいだ忘れられていたのだが、昭和二十六年（一九五一）、歴史学者の遠山茂樹が「日清戦争と福沢諭吉」と題する論文で、初めて執筆者として福沢の名を出し、「脱亜論」として俄然、世間の注目を集めたのである。

当然ながら伊藤も歌子も存命中は、そんな評論があったことを知らずにいた。当時最高レベルのインテリだった福沢諭吉の考えをもし世間が知っていたなら、朝鮮に関する見方も変わり、以後の歴史は違った展開をしていたかもしれない。伊藤は統監として韓国へ行っていないかもしれないし、もしそうなら、五年後にハルピンで朝鮮民主主義活動家の安重根に暗殺されることもなかったであろう。

歴史というのは、その時々はふとした単なる偶然の出来事だが、その出来事が前後に起こる別の事象とどう結びつくのか、或いは結びつかないのかによって、異なった展開をし、異なった結果を生み出すのである。或る意味、困った生き物なのだ。

芸者たちはまだ席をはずしている。日本と韓国の関係について、それからも会話ははずんだ。韓国とどう付き合うべきか。伊藤は歌子も同じ考えでいるのを確認できて、多少気分が安らいだ。この件で彼女が皇后陛下に意見を述べる機会はないだろうが、そういう考えを持ってくれていること自体、いざというとき心強いことである。

歌子が銚子を持ち上げたのを見て、伊藤は長いヒゲに埋もれた顔から唇をちょっと突き出し、さもうまそうだというふうに舌なめずりしながら盃を受けた。二口ほど飲み、「ふう」と酒臭い息を吐くと、くつろいだ無防備な視線を天井に泳がせた。

——下田教授の前ではいつも本音で語れる。

その思いが強い。この動乱の時代、本音で語れる相手がいるというのは有難いことである。この女は決して秘密を他言しないし、裏切りというのをしたことがない。大したものだ。品格というのか、今や世間からすっかり忘れ去られてしまった真の武士魂を持っている。勤皇の精神はいささかも揺るがないし、女子教育に捧げる一途な情熱には頭が下がる。

「さあ、もっと飲もう」

伊藤はそう言い、歌子に気軽な笑みを投げかけると、ポンポンと手を打って芸者衆を呼んだ。再び酒と肴が運ばれて、部屋ににぎやかさが戻った。

だがどうもその動きに心底から乗れずにいる。歌子や芸者らと他愛のないことをしゃべっている最中だというのに、どういうわけか意識は違う方へ動き、三十数年前の遠い記憶を手繰り寄せていた。

あれは伊藤が岩倉使節団の副使としてアメリカから帰国した年だから、三十二歳の明治六年だった。下田教授はまだ二十歳《はたち》前だったような気がする。自分は会議があって宮中に参内《さんだい》していた。そこで、たまたま皇后陛下のそばに仕えている多くの女官の末席に初めて彼女を見、話す言葉を聞いたのだが、一瞬電気が走ったような鋭さで、鮮烈な印象がまぶたに焼きついた。切れ長の獣めいた黒い瞳が生き生きと輝いて、それと対照的に、むしろその野性味をおおい隠すように、色白のふっくらした頰の線が弱弱しく映り、如何にも聡明で知的な雰囲気が控えめな態度に秘められている。そのくせ慎み深い大きな目の底に、心なしどこか不似合いな大胆さが見え隠れしていた。容貌にせよ教養にせよ、どれをとっても、女官の中では際立った存在に見えた。

その彼女が今、こうして日本の女子教育に骨をうずめ、国の捨て石になることにためらいはない。一直線に人生を歩んでいる。それに比べ、それ以上の年月を経てきた今の自分はどうかと、伊藤は自省気味に問うた。漢城への赴任を都落ちなどと不平を鳴らし、政敵とまではいかぬまでも、とかく意見の違う嘗《かつ》ての親友山県の着実な台頭に、嫉妬を抱き、焦りに胸を曇らせている。

伊藤は三味線に合わせて陽気にはしゃぐ歌子の顔に、そっと視線をあてた。カンの鋭い女だ。心中を読まれているような感じがしたが、それならそれで、かえって心が休まるような気がせぬでもない。

——今でも儂《わし》はこの女に惚れているのかもしれぬな。

心中に快い苦笑が湧き出、自然な気持ちでその感情に寄り添った。あれは一生の借りだ、とこれまた心の奥でつぶやいた。

若気の至り、と言ってしまえばそれまでだが、純粋な彼女の心に深い傷跡を残してしまった。二十年ほど前の華族女学校が出来た頃のことだった。強引に性的関係を迫ったことがあったのだ。激しい抵抗に会って未遂に終わったのは、今となってはせめてもの救いである。ただ、当時このことがどこからか外部に洩れ、取り返しのつかない誤解を与えてしまった。伊藤博文が下田歌子を強姦したなどと、ひそかな噂となって巷《ちまた》に流れたのだった。たぶん料亭の誰かが流したのかもしれないと、証拠はないが、その疑いを抱いている。

事の顛末《てんまつ》はこうである。伊藤は歌子が塾長を務める桃夭女塾に自分の娘や妻の梅子を通わせていたのだが、とりわけその後に新しく出来た華族女学校の経営のことで、伊藤と歌子は頻繁に顔を合わせるようになった。そうするうち、いつの間にか伊藤の中に昔、宮廷で見かけた頃の淡い恋心がよみがえってき、生来の女癖に火がついた。歌子は四年半連れ添った夫をガンで亡くして、今や独り身である。そう思うと、伊藤は気持ちが軽くなり、性急な悪だくみを決行したのである。

ちょうど四谷に建てた華族女学校の新校舎が陸軍の所有地に引っかかっていて、もめている。そのことで内々に解決策を打ち合わせしたいと歌子に持ちかけた。歌子としては頭の痛い問題だったので、遅い時刻なのはやや気にはなったが、逸《はや》る心で、迎えの車に乗って指定された深川富岡仲町の料亭へ赴《おもむ》いた。

先に伊藤が来て待っていた。いつになく饒舌だ。

「陸軍の山県に根回しをしよう」

と、伊藤が策を練り、話はいい方向へ進んだ。歌子は安堵した。一人で抱えていた重荷が軽くなり、いい気分になって、いつもよりよく食べ、酒量も増えた。伊藤の勧め方が巧みだったせいもある。芸者衆は消えてしまって、いない。

話が途切れ、急にぽつんと深い谷間のような沈黙が訪れた。歌子は間をつなごうと、顔を上げかけた。とそのとき、不意に伊藤が歌子の手首を握り、手前に引き寄せると、その勢いのまま、反対側の手で後ろの襖をがらりと開けた。あっという間の出来事だ。歌子は何が何だかわけも分からず、瞬時、口をあけて呆然としていたが、酔いが回ったうつろな目に、並べて敷かれた絹布団が二つ飛び込んできた。

「何をなさるのです」

とっさにそう叫ぶと、よろける足で半分立ち上がり、手を払って逃げようとした。だが男の力はあまりにも強い。ぐいと歌子の手を引っ張り、二つの体がもつれるようにして布団の上に転がった。

「すまぬ」

押し殺した声でそう言って、伊藤の顔が歌子の唇を求めて近づいた。同時に手を着物の裾に這わせてきた。歌子は破裂せんばかりの鼓動に細い声を震わせ、

「なりませぬ。なりませぬ、伊藤さま」

と力いっぱい相手の体を突き飛ばそうとするが、背中に回った太い腕が荒縄のように固く締まり、胸が苦しくなった。ハァと肺の奥から強い息を吐くと、背を丸めて胸の空間を作った。すかさず襦袢の中に右手を差し入れた。隠していた懐剣を握り、指で鞘を払って取り出した。

「何をする!」

伊藤は叫び、一瞬ひるんだ。思わず顎を引いた。

その隙に歌子は剣の切っ先を今にも突き刺さんばかりに自分の喉にあて、必死の形相で相手を睨んだ。

「死にます。もし手をお離しにならねば、喉を突きます」

「……」

伊藤の見張った目に、あからさまな狼狽の色が現れた。そこには現実の状況が理解できていない焦りが見える。

――なぜだ。なぜこの女はこれほどまでに抵抗するのか。

これまで自分が手をかけた花柳界の女は大勢いるが、ほとんどがむしろそれを望んでいるかのように進んで受け入れた。ことが終わったあと、彼らは一様に言った。

「御前からお情けを頂戴するなんて、有難いことでございます。おかげさまでこの世界で箔がつきました。これからは大きな顔ができます」

とむしろ頭を下げ、礼を述べていた。中には最初ささやかな抵抗を試みる者がいても、それが形だけのものだということが、表情からすぐに読めた。損得の打算というのはそれほどまでに効くものなのかと、女の欲深さというものを教えられた思いがしたものだ。

それなのにこの下田教授は激しく抵抗している。天下の伊藤博文と親密になればどれだけ社会活動で有利になるか、分かっていそうなのに、どうしたことか。己の信条を曲げない一途な強さと、一つ間違えばすべてを失うことをも厭わない健気な勇気に満ちている。

命をも絶とうとするその迫力に、伊藤はたじろいだ。歌子を前にし、権力者としての衣を何の疑いもなく着てきた自分の傲慢さが、無性に恥ずかしくなった。敗北を意識した。

誇りなどはどうでもいい。素直に謝らねばならぬ。伊藤は肩の力を抜き、手を放して布団の上に座りなおした。歌子を真正面に見た。

――これは一生の借りになるだろう。

いや、むしろそうなってほしいと思った。

神田川に浮かぶ屋形船が小窓の外に見えた。星は出ていない。船の弱い灯《あか》りが、周囲の深い闇に滲むようにぼんやりと溶け込み、ゆっくり左の方へ動いている。隅田川へ合流してこれから遊覧するのだろう。伊藤は何やら独りでにうなずいた。今はもう昔の出来事として、懐かしささえ伴う平穏な気持ちで遠い記憶から戻った。今夜の送別会をあの時の富岡ではなく柳橋にしてよかったと、相手に気づかれないよう苦笑いした。「さあ、もう一杯」と銚子を持ち上げ、歌子の盃に注《つ》いだ。

おやっ、と思った。今日は眼鏡をはずしているけれど、この目、昔と変わっていない。視線を静止し、改めて見た。大きな黒い瞳が、青みを帯びた澄んだ白目との境をくっきりと浮かび上がらせ、まるで少女のような脆さと熱情で、何かを語りかけるかのような誘いを秘めている。

――これがいけないのだ。

伊藤は心中でつぶやいた。本人には罪はないが、これが男心を惑わせ、世間の疑心をかきたてている。その疑心を大衆新聞や政敵などが利用した。あれほどの美人が、たった一人で華族女学校や学習院、実践女学校などの教育事業をやれるのか。権力者の情婦となって、性と実利を交換しているのではないかと、手を替え品を替えして、噂を煽《あお》っている。

自分のことはいくら叩かれても平気だが、とりわけ下田教授とのあの強姦騒ぎは、いくら悔いても悔い足りぬ。謹厳な彼女におよそ正反対の悪評がささやかれた。実に心苦しいことだ。この贖罪《しょくざい》の念はいつまで経っても消えることはない。にもかかわらず彼女は外に向かって一言も弁解しなかった。

「今夜のことは今日を限りに忘れましょう」

と、あのとき、乱れた着物の裾を直しながら、凛とした声で言い、以後、今に至るまで一度も口にしたことはない。それは自分にとって拷問以上のつらさであるが、逆にそのつらさが、未練を宿した敬愛の感情と、彼女へ接近したいという欲望から引き止める理性の距離を、無意識のうちに保たせてくれたのかもしれない。自分はよき戦友を持ったとつくづく伊藤は思った。


さて伊藤が強姦騒ぎについて、「若気の至り」とつぶやいたことに関してだが、彼や山県らが活躍した明治という時代の性モラルは、今日では考えられないほど奔放なものであった。奔放というのは男子においてであって、逆に女子は極端に抑圧され、貞操観念という厳しい道徳の足枷《あしかせ》をはめられていた。それを世間は当たり前とみなした時代である。今日の道徳観では考えられない慣習であるが、振り返れば少し前の江戸時代には、妻の他に何名かの側室を置くことはお家のために必要だとされていた。

そんな風潮が何の抵抗もなく引き継がれ、多くの高官や財界人たちは、広い屋敷に正妻以外に、権妻《ごんさい》（妾《めかけ》の意味）を同居させていた。同じ妾でも、外部でこっそりかくまう妾ではなく、権妻はおおっぴらに持つことができる第二夫人なのである。伊藤も正妻の梅子の他に権妻を置いた。梅子は下関の花街である馬韓出身の芸者で、小梅と呼ばれていた。

「政治は夜、動かされる」

　そんなスローガンがまかり通り、中央の政治家たちは夜な夜な「二橋」といわれる新橋や柳橋、それから赤坂、新富町などの料亭に繰り出した。酒を酌み、芸者をあげるその同じ場で、政治談議や密談にふけった。芸者遊びは男の甲斐性なのである。ちなみに阪急電鉄や宝塚劇場を創業した小林一三（明治六年生まれ）も裕福な実家からの仕送りをいいことに、若い頃は芸者遊びや遊郭《しんじょ》通いに狂って散財している。

　芸者が初めて客と寝所で接することを水揚げとよぶが、高官たちは気に入った芸者を堂々と水揚げした。権妻にしたり、妾にしたりと、派手に振る舞った。

　花柳界出身者を妻にしたのは伊藤だけではない。長州藩の先輩にあたる木戸孝允は京都の芸者幾松と結婚したし、陸奥宗光の最初の妻連子は大阪新町芸者のお米で、彼女が死ぬと今度は東京の新橋芸者の売れっ子だった小鈴を妻にし、名を亮子と改めた。伊藤の盟友井上馨の妻武子は柳橋芸者だし、黒田清輝の妻友子は深川芸者、大隈重信の妻綾子は吉原遊女、山本権兵衛の妻登喜は品川遊女あがりであった。

　芸者や遊女といっても、没落藩士の娘が多く、美貌に加えて教養の高さも高官たちを惹きつけた一因だろう。日本の指導者たちは急いで西欧の文化を学ばねばならず、鹿鳴館などはその筆頭だが、勢い外国人との交際の機会が増えた。そういうとき、見栄えがよくて機転がきく妻の存在は有難かった。女に目がないというだけでなく、そんな冷静な打算も働いていた。

ただこと伊藤に関しては、それだけとも言い切れないところがある。彼の女好きは有名だった。

「酔うては枕す美人の膝、醒《さ》めては握る天下の権」

と自作の詩を詠むほど自他ともに認めていた。芸者や女将はもちろん、女義太夫や祇園の舞妓など、気に入った女性に出会うと、屋敷や伊皿子（現泉岳寺上）にある別邸に呼び、一夜を明かした。妻の梅子は心得たもので、夫に一切の不満を洩らさず、むしろ翌朝女性が帰るとき、玄関まで出て頭を下げ、反物などの土産物を渡して見送ったのだった。

それを見て世間は、よくできた賢婦人だとほめたが、梅子はそんな評価などには関心がないし、そんなふうに思ったこともない。夫を愛するが故にそれを許しただけなのである。二人には長女が生まれたが、夭折《ようせつ》している。その悲しみは伊藤の心に深い傷跡を残した。

「なぜ儂より先に逝ったのじゃ……」

ふとした拍子につぶやく夫の言葉は、答えがないだけに梅子の胸を深くえぐった。朝、仏壇に向かって拝んでいる夫の口元は黙しているが、死んだ子供の名を呼んでいるのは傍《はた》から見ていても伝わってくる。

子に先立たれた親の悲しみは経験した者でないと分からない。政治の舞台で国の骨格造りに汗を流す表の姿は力強いけれど、本当は弱い男なのだと、梅子は悲しみを共有する同志として、おおらかに見つめる優しさをもっていた。女を追うことで心が癒されるのなら、そして、それで回復した力で国政にいっそう取り組んでくれるのなら、女遊びなど些末《さまつ》なことではないか。こそこそ遊ぶのではなく、大っぴらにやってくれた方が気が晴れる。自分が見込んだ男だ。思う存分に生きてほしいと、心の底から願った。

――夫の出世の足手まといになってはいけない。

　置屋「いろは」で水揚げされる際に自身に誓ったその言葉を、梅子は死にもの狂いで実行した。もともと学問はおろか、文字の読み書きさえも出来なかったが、夫のツテで阪正臣《ばんまさおみ》（歌人で書家。宮内省御《お》歌所《うたどころ》寄人《よりうど》）に師事し、勉強と練習を重ねて、字は夫の手紙を代筆するほどにまで上達した。歌子が主宰する桃夭女塾やその後の華族女学校でも歌子から源氏物語や漢籍などを学び、津田梅子（後に津田塾大学の前身である女子英語塾を創設）やイギリス人家庭教師について、英語さえも勉強した並外れた努力家だった。夫には他の女に生ませた子供が数人いたが、全員梅子が引き取り、我が子として育てて立派に成人させた。盟友井上馨の兄の子、博邦と養子縁組し、嫡男に迎えている。梅子も夫に劣らず、質素な生活を旨とするいい意味での似た者夫婦だった。

　自分を指導してくれている下田教授と夫との浮名が世間でささやかれたとき、時を移さず梅子の耳にも入ってきた。さすがにこれには驚いた。まさか、と半信半疑を消せぬまま、朝一番で食卓についた夫に問いただした。

「ああ、あれか。嘘八百もいい加減にしてほしいものよ。強姦など、あるものか」

　と言ったので、梅子は安堵しかけたが、続いてやや小さな声で、

「あれはな、強姦じゃない。未遂、未遂じゃった。下田教授には申し訳ない気持ちでいっぱ

いじゃ」

と付け足した。その言い方が余りにも正直で、場違いとは思いながら、梅子は何だかおかしみが込み上げた。瞬間的に夫を信じようという気持ちが胸に満ちた。事の顚末を聞き、天下の伊藤博文よりまだ上手《うわて》がいたことが痛快で、しかも相手は女なのだ。そんな先生に教えてもらっているのが何だか誇らしかった。

――それに……。

と内心でつぶやいた。夫の品行が新聞や雑誌で非難されるのは今に始まったことではない。もう慣れっこになって耐性ができている。中には真実もあるけれど、ほとんどが読者獲得を狙った作り話ではないか。

そして梅子はこの考えを数ヵ月後に起こった馬鹿騒ぎでいよいよ確信したのだった。伊藤が鹿鳴館の舞踏会場で、宴のたけなわに戸田氏共伯爵の十五になる娘を別室に連れ出し、カーテンの陰に隠れて強姦したと、「めざまし新聞」という小紙に載ったのだ。この新聞は伊藤の政敵で自由党代議士の星亨が主宰し、かねてから薩長の藩閥政治を真っ向から批判していた。もう言いたい放題、書きたい放題とでも言うべきか。この記事に「東京日日」も悪乗りし、「仔細ありげな噺《はなし》」という見出しで強姦余話を報じている。

しかも別の娯楽雑誌には、伊藤が同じ戸田氏共の妻である極子（岩倉具視の長女）とも強姦まがいの手法でただならぬ関係になったとか、山県がどうしたとか、高官や実業家たちの醜聞がいろんな紙上で飛び交わない日はないのだ。だから梅子も夫と同様、まともに取り合わないことにしていた。

この頃、歌子の名もあちこちで登場した。その一つに、藩閥政治を批判し、言論の自由を主張する自由民権運動の壮士がばらまいた政府弾劾ビラがある。

「伊藤博文は明治十八年以来華族女学校学監正六位下田歌子と姦通して妊娠させ、明治二十年、熱海温泉に伴って堕胎させた」

と、ビラの内容を引用し、記述している。これは時の警視総監である三島通庸宛てに密偵が書いた報告書の中にある。壮士が伊藤を攻撃するために扇動的にでっち上げたビラと思われる。

こういったスキャンダル攻撃の背後には薩長藩閥間の主導権争いも深く絡んでいた。伊藤博文や井上馨、山県有朋らの長州閥を追い落とすために、薩摩派が仕組んだ情報戦である。この戦いは誠に巧妙かつ執拗だった。恨みをもった直接的な政敵だけが実行者とは限らない。没落して生活に窮した士族や有名人などに近づき、金銭をちらつかせて、彼らにシナリオ通りの発言をさせている。

中には被害者と称する女性の親族や子孫自らに手記や口頭で語らせ、いかにも信憑性があるように見せかけた。歌子と恋仲に陥った男性が書いたという歌子宛ての恋文でさえも、まことしやかにねつ造したほどだ。

明治というのは言論面では或る意味、そういうことがまかり通った無秩序な時代であった。プライバシーの観念などみじんもない。時として起こる発行禁止処分と、まるで追っかけっでもするかのように、ペンの暴力が頻繁にさく裂していた。

ちなみにこの弾劾のビラ内容は、驚いたことに二十年余り後の明治四十年になって、ゾンビのように再び生き返った。平民新聞で取り上げた歌子の暴露記事がそれである。なぜかこの古いビラを書庫の奥から引っ張り出してきて、尾ひれ背びれをつけて文章巧みに作文したのだった。

3　四面楚歌

万朝報の社主である黒岩涙香は、このところ幸徳秋水や堺利彦らとたびたび意見が衝突した。日清戦争当時は良好な関係だったが、次の日露戦争が迫るなか、編集方針で対立したのである。硬軟両方の記事を載せ、一時は醜聞暴露が功を奏し、一日の発行部数が十万部を超えた大衆向け大新聞であった。が今では読者が大幅に減って、凋落の一途をたどっている。

「困ったものだ。何とかせねば……」

出てくるのは愚痴ばかりだ。

日清戦争二年前の明治二十五年に創刊し、以来、一貫して戦争反対の非戦論を展開してきた。伊藤博文や山県有朋らが西欧列強の侵略から日本を守るため、富国強兵を急いだのが明治という時代であるが、それに異を唱える勇気が彼らにあった。

当時、帝国主義の牙は情け容赦なく世界を席巻し、次々と後進国を植民地化していた。アジアに目を転じると、インドはとっくにイギリスの植民地にされ、今は大国である清（現中国）が標的となった。イギリスはインドで栽培した麻薬のアヘンを清へ売り、中国人をアヘン中毒漬けにすることで巨額の利益を得た。そして不平等条約を結んで、実質的な植民地化へと突き進む。これを見たロシアも黙っていない。新疆（現新疆ウイグル自治区）を占領し、同じく不平等条約を締結して南下策をとった。

　もともと歴史的に清は外交政策として、宗主国に対する朝貢国という形の「冊封体制」をとっていた。宗主国である清に対し、朝貢国の韓国などは毎年、土地の産物を献上することを義務づけられ、時には出兵を命ぜられることもある。その代り朝貢国、つまり冊封国が攻撃を受けた場合には、清に対して救援を求めることができるし、当然ながら清からの軍事的圧力を回避できるというメリットがあった。

　日本の隣国である李氏朝鮮は長年、清の冊封体制下の属国だった。近代化が遅れ、軍事力、経済力が非常に弱く、民衆は極貧であえいでいた。ところが頼りにしている清が今や領土をイギリスやロシアに食い荒らされて、自分を守ることさえできない有様だ。ロシアはというと、清からさらに朝鮮への南下を目論んでいるし、その先に見据えているのは日本であった。ドイツやフランスも虎視眈々と侵略の機会を窺がっている。

「このままでは日本は危ない！」

「少しでも隙を見せたら最後、朝鮮もろとも植民地にされてしまうぞ」

　日本国中で侃々諤々《かんかんがくがく》の議論が起こった。

　伊藤らは策を練った。朝鮮に技術援助を行い、近代化を助けてはどうか。同じ東洋人同士として手を携え、西欧列強に立ち向かおう。そのためには何が何でも朝鮮の植民地化を防がねばならない。そこで先ず宗主国である清の排除、打倒に立ち上がろうとした。戦争に踏み切る以外にないと考えた。もちろんそれに備えた軍事力の強化は必須である。愛国の意識が日本全国に広がった。

黒岩や幸徳らは声を限りに反戦を訴えたが、世論の大きな流れの前では無力であった。明治二十七年（一八九四）七月、ついに清軍と日本軍は朝鮮半島を舞台に戦争に突入した。

江戸の開国からまだ間がなく、付け焼刃的とはいえ、一応速成的に近代化された日本軍は、装備や軍隊組織が劣る清軍に対して優勢に戦局を進め、遼東半島などを占領した。そして翌年三月まで続いた戦争が日本の勝利でようやく終結し、下関で日清講和の下関条約が調印された。日本は清から遼東半島、台湾、澎湖列島などの割譲に加え、多額の賠償金（二億両。当時の日本国家予算の二倍以上に相当）を勝ち取った。

ところがここで列強から思わぬ横やりが入った。下関条約からわずか六日後に、ロシア、フランス、ドイツの三国が突然外務省を訪れ、

「遼東半島を清に返還せよ」

と、有無を言わさず干渉してきたのである。その理由は列強のエゴだった。南下政策を進めているロシアにとって、遼東半島は最重要拠点で、それを日本に押さえられるのは致命的である。そこでイギリスやフランス、ドイツに働きかけ、干渉してきたのだ。

「無念だが、もう日本には余力がない」

戦争で疲弊していた日本に再び彼らを相手に戦う力はなく、政府は断腸の思いで返還を受け入れた。

三国干渉に屈した日本は、その後、世界の中で政治的・軍事的な存在感が低下し、朝鮮半

島からも政治的に後退した。そんな情勢下で、朝鮮は時来れりと、弱体化した清の体制から脱皮し、明治三十年（一八九七）、大韓帝国が成立したのだった。

勢いづいたロシアは「それっ」とばかり、南下策の動きを加速させた。中国東北部（満州）や朝鮮半島を植民地にしようと、弱体化した清王朝を恫喝し、南へ南へと下っていった。軍隊を朝鮮半島にまで送り込み、明治三十一年には念願の遼東半島の旅順、大連の租借に成功し、極東への野心をむき出しにした。いよいよ韓国と日本に狙いを定め、それを可能にするための戦略として、「旅順艦隊」を構築したのである。

日本国内は騒然となった。喉元に匕首《あいくち》を突きつけられたのだ。

「日本海と東シナ海が危ないぞ。海上交通ルートがロシアに押さえられてしまう」

「韓国がロシアに占領されたら、それこそ日本はおしまいだ」

「かくなる上は朝鮮半島と満州からロシアの勢力を駆逐《くちく》するしかない」

国民の声だけではない。主要な新聞や雑誌も対露強硬論を展開した。外交交渉による解決を主張していた毎日新聞でさえ、主戦論に変わるのを余儀なくされた。

そんな中で万朝報の黒岩涙香が突然態度を変えた。これまでのような非戦論を貫く限り、購読者は減る一方で、経営が成り立たない。やむを得ず論調を「戦争やむなし」と、主戦論へと転換したのである。幸徳秋水と堺利彦は断固反対したが、経営に重きを置く黒岩の考えは変わらない。

「ならば仕方がありませんな」

そう言い残し、二人は内村鑑三を引き連れて万朝報を退社した。そして時を置かず、一ヵ月余りしか経たない明治三十六年十一月、「平民社」を設立し、週刊平民新聞（後に下田歌子を糾弾した平民新聞とは異なる）を創刊した。紙上で公然と軍備全廃、非戦論を展開し、社会主義の啓蒙と宣伝活動に注力した。

「愛国主義と軍国主義は縦糸横糸の関係にある。それらが織りなして帝国主義となるのであって、断固この二つの主義は廃止せねばならぬ」

論旨は一貫し、筋を通した。

それより少し前の明治三十年、アメリカから帰国した安部磯雄や片山潜らは社会主義研究会を結成している。その後、これに幸徳も加わり、社会主義協会と改名した。そして幸徳が主導する労働組合運動が広がるにつれ、徐々に同志を増やしていった。

山県有朋内閣も黙ってはいない。明治三十三年、治安警察法を制定して、政治結社や集会、示威行為の規制強化を図った。しかしそれに挑むように、翌年には幸徳や片山、安部らが立ち上がる。

「それならば」

と、社会民主党を結成し、軍備の全廃を叫ぶのだが、早くも結党二日後に結社禁止となった。まさにイタチごっこの応酬だった。そこで幸徳らはじっくりと腹を据え、以後、社会主義協会の活動と週刊平民新聞の二本立てで、反戦を旗印にした社会主義運動を展開していくことになる。

この頃、日本は対露戦争に備えて着々と軍備を増強していた。だが政府内では山県や小村寿太郎、桂太郎らの主戦派と、伊藤や井上馨らの回避派が対立する。文官の伊藤は立憲政友会をもとに、政党政治により議会を乗り切ろうとするが、山県は軍閥や山県系官僚の総力を結集し、伊藤に対決した。

一方、外では日に日に日露開戦の空気が切迫し、まさに一触即発の状況になっている。満州全域を占領したロシアは、さらに韓国領土深くに軍を進めてきた。もしここが属領にされれば、次はいよいよ日本が餌食になるのだ。

そんな迫りくる国難を前に、明治三十六年四月、京都にある山県の別荘「無鄰菴《むりんあん》」で歴史的な会議が開かれた。山県、小村、桂の前でついに伊藤はしぶしぶ開戦に同意した。「しぶしぶ」というのは、兵力の圧倒的な差を突きつけられたからである。山県は海軍大臣山本権兵衛の報告書に目を通しながら、太い声でうめくように言った。

「満州でのロシア陸軍の全兵力は、日本陸軍の六倍以上もある。六倍ですぞ。一方、海軍力で見ても、ロシアは日本のほぼ二倍じゃよ。誰が見ても日本は負け戦になりそうだ。とても事前交渉で譲歩を得られるとは考えられん」

「だけど交渉はやってみなければ分からんだろう」

「譲歩を勝ち取るどころか、逆に日本にとんでもない服従を迫ってくるに違いなかろう。間違いなく属国にされてしまう。それならいっそ、乾坤一擲《けんこんいってき》、戦う以外になかろうが」

「しかし、勝てるのかどうか……」

「作戦次第で勝ち目はある。連合艦隊司令長官の東郷平八郎が言うには、秘策があるとな」

なおも応酬は続いたが、最後は伊藤はぐうの音も出なかった。こうして日露戦争の賽《さい》は投げられた。

かくして明治三十七年（一九〇四）二月十日、日本はロシアに対して宣戦布告をしたのである。満州南部が主戦場となった。激しい戦いだった。奉天会戦、日本海海戦を経て、遂にバルチック艦隊を壊滅させ、奇跡的に日本が勝った。これは人類史上、有色人種が白色人種に勝った初めての戦争であり、西欧列強を驚愕させるのに十分であった。

この戦争の結末は以後の両国の運命を大きく変えた。ロシア帝国は没落の一途をたどり、一九一七年のロシア革命で遂に崩壊する。一方日本は念願のロシア南下策を抑えることに成功した上、世界の五大強国の仲間入りを果たし、帝国主義への道をまっしぐらに歩むのである。

ロシアでは日露戦争のさなか、血の日曜日事件が起こっている。首都サンクトペテルブルクで労働者が皇宮に向かって平和的な請願行進をしていたところ、いきなり政府軍が発砲し、多数の死傷者を出した。これがきっかけで同じ年に、ロシア第一革命と呼ばれる全国規模の反政府運動が勃発した。

この頃、幸徳と堺はロシアのレーニンらの社会主義者たちと連絡を取り合っている。日露戦争中の明治三十七年三月十三日の週刊平民新聞で、「与露国社会党書」と題し、ロシア社会党に与える書簡を掲載した。そこでは、

「愛国主義と軍国主義を共通の敵とし、万国の労働者が連帯して日露戦争を終結させよう」と訴え、続いて次号でその英訳版を欧米各国に送って機関紙に載せた。その年の八月には社会主義者の国際組織である第二インターナショナルがアムステルダムで開かれたのだが、幸徳らの期待を背に片山潜が出席している。ロシア代表プレハーノフと共に副議長に選出され、フランス代表提案の日露戦争反対決議案を満場一致で可決。それらの詳細を週刊平民新聞に詳しく載せた。

　この新聞に対する政府のいらだちは極限に達していた。ことごとに圧力を加え、ただでさえ購読者が減っていた経営は苦しくなる一方だ。創刊一周年の第五十三号に「共産党宣言」の和訳を掲載したことで、同号が発禁処分となった。

　また翌年の明治三十八年一月、社説「小学校教師に告ぐ」が朝憲紊乱《ちょうけんぶんらん》（政府転覆など、国家の基本的統治組織を不法に破壊すること）で起訴され、幸徳が禁固五ヵ月、西川光二郎が七ヵ月、罰金それぞれ五十円の刑に処せられた上、印刷機械も没収されたのである。こうした圧力が積もり積もって、とうとう財政的にもちこたえられなくなり、ほぼ同時期に自主的に廃刊の決定をしたのだった。奉天会戦のひと月ほど前のことである。

　ところで、余談になるが、日露戦争の始まる前月、横浜海軍造船廠で見習工をしていた荒畑寒村は、社会主義の立ち合い演説を生まれて初めて聞いた。感動のあまりその場で幸徳らの社会主義協会に入会し、後に平民新聞の編集者になっている。

さて、伊藤博文の話に戻るが、彼は常に国益を考え、先を見通す男であった。早くも戦争が勃発した二月の末には、枢密院議長の立場から、金子堅太郎をアメリカに派遣し、ルーズベルト大統領に講和の斡旋を依頼している。その根回しが効き、翌年の明治三十八年九月、ポーツマス条約が結ばれた。これにより日本は朝鮮半島の権益を確保すると共に、東清鉄道の一部である南満州鉄道を獲得し、満州における権益を得たのだった。

だが昂揚する熱い大衆ナショナリズムの国民目線から見ると、伊藤の評判はよくない。

「腰抜けの伊藤博文には国をまかせられん」

もともと伊藤はロシアとの戦争回避を願うハト派であり、国際協調路線だったので、弱虫とみなされた。それに比べ、山県は勝利に導いた偉大な英雄である。二〇三高地攻撃で銃剣による肉弾突撃に徹した乃木も、同様に英雄としての評価を得た。

そういった経緯があって、同年十二月の暮れ近く、伊藤は韓国統監として体よく追い出され、翌年に漢城へ赴任した。以後、時たま日本へ一時帰国して重要会議には出席するが、この機を境に、歌子と会う機会は大幅に減った。歌子にすれば、強力な援軍を失った形で、これが彼女を不利な立場に追い込むこととなる。

体の方は見るからに虚弱で病気がちの幸徳秋水だが、週刊平民新聞が廃刊になっても、精神的には一向にへこたれた様子はない。我日本の未来を切り開かんと、濃い眉の下に位置する眼光は刺すように鋭く、意気軒昂である。牢から出獄すると、ここは一つ気分転換と啓蒙活動を兼ね、アメリカへ行くことを思いついた。

　同志や支持者たちからカンパを集め、

「再挙何の時ぞ、前途茫々」

　の言葉を残し、横浜港のタラップから汽船に乗った。明治三十八年十一月から翌三十九年七月まで渡米し、日本人移民のみならず在米の社会主義者たちとも交流を深めた。ますます社会主義への信念を深めて満足のうちに帰国した。

　だが帰ってみると、日露戦争の勝利は一人歩きし、幸徳にとっては誠に不本意な動きを加速させていた。日本はこれまで以上に富国強兵に走り、帝国主義化の道を驀進し始めた。労働者の団結と非戦運動はもはや待ったなしである。

　幸徳と堺の間で再び新聞を発行しようという計画が持ち上がった。幸い西園寺公望内閣は少し前に強圧一辺倒だった治安対策を緩め、法律の枠内であれば結社の自由を認める方針に転換している。いつまた弾圧に戻るかは甚だ不明だが、今ならまだ間に合うだろう。

　今度は週刊新聞ではなく、版を四ページ建ての日刊に決めた。編集方針をどうするかという点になり、二人は迷いもなく以前の万朝報を真似ることにした。硬軟両方の記事を載せ、読者を獲得しようという算段だ。

　幸徳はやや眉間にしわを寄せ、自身を説得するようにかみ締めた口調で言った。

「やはり読まれる記事、売れる新聞で行く以外にないだろう。プライバシー暴露は本意じゃないけど、こうしないと経営が成り立たないからね」

堺はうなずきながら、脇に控えている深尾韶の肩をたたいた。

「深尾君ならきっとやってくれるでしょう。すでに何日かの連載原稿が出来ているようです」

深尾は薄い唇を引っ張ってにんまりし、カバンから原稿用紙の束を取り出した。

「目白にある日本女子大学をご存じでしょう。その学校の腐敗ぶりをえぐる読み物を考えています。題は『目白の花柳郷《かりゅうきょう》』としました」

と言って、次のように要約を説明した。

以前から「女学生の醜行」とか「堕落した女学生」などと題した読み物記事は、「万朝報」や「京華日報」「人民」「日出国《やまと》新聞」などに幾度となく載せられ、世間の関心は高い。今日でも、女子の高等教育は不要で有害無益だと言われているし、ましてや女子の出世に対し、巷《ちまた》では嫉妬と反感が渦巻いている。そこに目をつけて、この天下の日本女子大学を「花柳郷」「売淫の場」というふうに過激に仕立てたい。きっと読者の好奇心を煽り、共感を得るはずだ。まずは学長の成瀬仁蔵をこきおろし、女子学生に対し、本来の教育を忘れ新橋や柳橋の芸者に対抗するほどの艶麗と華美を備えさせるのに腐心している、と描く。教員や職員も学長が渡す金の前にひざまずき、虚栄の花を称賛し、こうして全校あげて奢侈《しゃし》に趣き、淫靡《いんび》に流れ、軽薄に陥っている、と非難しようというのだ。

「さらにこの成瀬仁蔵ですが、あの学習院の下田歌子と親しいようです。どうせ同じ穴のムジナでしょう」

幸徳は聞き終わると、豊かな口ヒゲをもじっていたかじかんだ手を離し、ふうと温かい息を吹きかけてから、赤くおこった火鉢の炭火にかざしながら言った。

「ふむ、面白いじゃないか。その線で行きましょう。ただ、何だね。第一号で書く創刊宣言の終わりの方で、一文入れておかねばなりませんな」

こうして明治四十年一月十五日、社員二十四名で、日刊「平民新聞」第一号が発行された。創刊宣言の書き出しはこうである。


吾人は明白に吾人の目的を宣言す。平民新聞発刊の目的が、天下に向かって社会主義的思想を弘通するに存《あ》ることを宣言す。世界に於ける社会主義的運動を応援するに存ることを宣言す……吾人は決して世間多数の新聞紙の如く単に売らんが為めに発行する者に非《あ》らず……。


そして、一月二十一日号の第三面冒頭に大きな文字で「目白の花柳郷（女子大学の真相）」と題し、約千二百字を費やして日本女子大学攻撃を開始したのだった。ところが予想に反し、連載を重ねても、思ったほど読者の共感を得ていない。新聞の売り上げが伸びないのだ。一同は焦った。結局、連載は二十三回で打ち切ることになるのだが、半分以上進んだところで幸徳、堺、深尾に山川均も加わって編集会議を持った。

「これはいかんなあ。立ち上がりから勢いがない。台所は火の車だ。何かいい知恵はないものか……」

議論は堂々巡りである。火鉢にかけたヤカンのシュンシュンという沸騰した音が苛立ちを誘う。幸徳の何度目かの呻吟《しんぎん》に、堺が何かを思いついたというふうに、突然「そうだ」と言って、目を輝かせながら、拳《こぶし》でポンと一方の手のひらをたたいた。

「女子大などではなく、もっと衝撃的な材料を選びませんか。今、世間で最も出世し、尊敬され、同時に嫉妬を買っている女傑、というのはどうでしょう。成瀬仁蔵の親友ですよ」

「というと……ふむ、あの学習院女学部長で実践女学校の校長をしている下田歌子、ですかな。まったく、あの愛国の精神にはヘドが出る」

堺は得たりとうなずいて、一同を見まわした。

「それに彼女、とびきりの美人ときていますからね。注目度は抜群ですよ。醜聞《しゅうぶん》なら山ほどありますから、ご安心下さい」

皆がククッと笑い、光明を見出した時の安堵と希望を素顔にさらした。そこへ深尾が割って入ってきた。

「そう言えば、昔、伊藤博文強姦事件が世間を賑わせましたなあ。ほかにもいろいろありますし、それらをもう一度、ほじくり返してみましょうか」

幸徳も賛成だ。

「一挙両得だね。伊藤を攻撃できるのは願ってもないことだ。何と言っても、富国強兵の首謀者だからね。山県や井上らも含め、徹底的に政府高官の恥部を暴いてみせようじゃないか。信用を落とさせ、軍国主義を止めなきゃならぬ」

そのためにも題にもっと工夫がいると幸徳は注文をつけた。そしてああでもないこうでもないと議論した末、「妖婦下田歌子」はどうかと山川が提案した。

「なるほど。『妖婦』とは至言じゃないか。反響は大きいだろう。『日本女子大学』とは比べ物にならぬわ」

こうして明治四十年二月二十四日から、下田歌子をめぐる性的スキャンダルの連載が始まったのだった。文面には刺激的な文字が満載された。歌子のことを「妖婦」「花魁」「あばずれ女」「淫売」「詐欺師」と切り捨て、返す刀で高官たちを「色摩狂」「情夫」「男妾」と罵《ののし》った。そして三十五号には、

「……吾人は歌子に何の恩讐《おんしゅう》もなし、只《ただ》彼女に文字の爆烈弾を擲《なげう》ってその貴族的迷信と虚栄的驕慢《きょうまん》を警醒《けいせい》せしめんのみ……歌子に精神的死刑を与えて……」

と、歌子攻撃の正当性を取り繕《つくろ》った。

登場人物が全員、当代の顕官や名士であり、しかも実名で彼等の醜聞を活字の形で大衆の前にさらしたのである。その反響はさすがに大きい。予想以上であった。

深尾は信憑性を高めるため、いろんな工夫をこらした。その一つとして、記事の最後に読者の投書文を頻繁に掲載した。中には真実のものもあるだろうが、ほとんどは深尾が作文している。例えばこんなものがある。

▲投書　窓から飛び込む三島さんを取り押さえたのは二十六年の正月元日ではありません。二十五年天長節の晩でございました（当時居合わせたる一婦人）……筆者注—歌子が住む家の客室に、平民新聞が勝手に情夫と決めつけている三島通良が、酒に酔って忍び込もうとしたところ、たまたま書斎に歌子と一緒にいた女性たちが

賊と勘違いして取り押さえたという事件。

▲投書　歌子は昔の家令、今の羽左衛門と関係があったという評判です。○○の待合女将はよく知っております（赤阪生）

▲投書　望月と歌子はよく大森の前田生名の別荘で逢曳きをしておりました（秋月生）

▲投書　京都法科大学に三十七年入学せる山下信吉は学習院に在学中歌子の男妾をしておったのです（動物の子）

▲投書　歌子は博愛主義を奉じて日本に遊びに来たお金の沢山ある英国の貴族の何とやらという赤髯の枕席に侍したことがあるとのことだ（飛耳張目生）

投書掲載の効果は大きかった。読者に臨場感を植え付け、読物内容のどぎつさと相まって、歌子に対する大衆の怒りを共有させると共に、読者層の広がりを印象づけた。学習院や実践女学校内でも、ひそかではあるが、大騒ぎだ。直接、新聞を買ったかどうかは別として、噂が流布し、歌子を快く思っていない人たちはほんの一部に過ぎなくても、ここぞとばかりに一層の流布に努めた。学習院と華族女学校の合併時に解雇された教員たちは欣喜雀躍《きんきじゃくやく》である。もちろん多くの子弟や保護者たちは歌子を尊敬し、応援していたことに変わりない。

そういう状況下でも歌子は外面的には平然としていた。せめて盟友の伊藤には相談したいと思ったが、今は韓国にいて、それもままならない。自分は晴朗な青い空のように潔癖だ、やましいところはないのだと、その一点を心棒に据えて、吹き荒れる嵐にじっと耐えていた。

その分、いっそう教育事業にまい進し、雑念を追い払う毎日だった。

そんな或る日、「婦女新聞」の女性記者がインタビューに訪れた。明治三十三年に福島四郎が創立した週刊新聞で、女性の地位向上を目的としている。日頃から歌子との接点があり、彼女の清廉潔白さを目の当たりに見、世間の不当な噂に義憤を感じていた。

「どうして下田教授は弁解なさらないのですか」

と記者は尋ねるのだが、歌子は淡々と答える。

「言い訳するつもりはありません。誤解であれば、必ず解けるでしょうし、もし悪意なら、何を言っても仕様がありませんもの」

記者は不満を抑えきれずにたたみかけた。

「しかし、つらくはないのですか」

「蚊が刺したくらいには感じますね。でも、貧血にまでなりませんから。自分の信じる道をただ進めばいいと思っています」

それは歌子の本心であり、同時に無意識のうちに自分を励ましていたのかもしれない。


この頃、山県有朋はどうしていたか。伊藤が韓国へ去ったあと、元老の重鎮として着々と国政の権力を握る仕上げの過程にあった。軍備を拡張する一方、世間に蔓延しつつある反戦の社会主義運動に神経をとがらせ、いったんは緩めていた活動の自由だが、弾圧を強める方向に動いていた。

もちろん「妖婦下田歌子」の連載には毎日目を通している。自分の名も登場し、気分は甚だ不快であるが、今しばらく「泳がせておこう」と考えていた。発禁はその気になれば、いつでも出来る。総理の西園寺に言えばすむ話だと、我慢のぎりぎりにいることの苛立ちと、今しばらく経緯を見たいという願望とのはざまで、微妙に心のバランスをとっていた。

「泳がせておこう」というのは、実は歌子のことである。

――あの女は力を持ちすぎた。

藤公を始めとする多くの政府高官と、或る意味、同盟とも思えるほどの密接な関係を築いている。昔は助力を惜しまなかった相手だが、今はむしろ目ざわりだ。一言でいえば、自分の将来にとって、藤公と同様、邪魔である。それに学習院女学部長として、皇后陛下にも相変わらずのお近づきを得、信頼を欲しいままにしている。宮廷への影響力も無視できないほどの強さに成長し、想像以上の権力者に化けた。畏れ多いことだが、天皇だって、その気になれば、動かせぬとは言えないほどだ。

――そろそろ始末をつける時が来たのかもしれぬな。

そのためにもしばらく歌子叩きを続けてもらうのも悪くない。同時に藤公も同じように叩かれているのは、誠に有難いと言うべきか。自ら手を下さなくても、幸徳と堺が勝手にやってくれているのだ。しかしいつまでも叩かせるわけにもいかないだろう。これ以上、社会主義者たちをのさばらせておくのは危険な賭けである。そんな心のすり減る思案を日々、めぐらせていた。

元々、山県は歌子失脚のシナリオにはすでに着手済みだった。連載が始まるひと月ほど前の明治四十年一月、学習院院長に腹心の乃木希典を送り込んでおいたのだ。もちろんシナリオの話はいっさい乃木にはしていない。

「あなたのお力で軟弱な校風を変えてくれませんか」

と、丁重に頼んだ。乃木の性格を知った上での人事である。乃木と歌子は教育方針でおよそ正反対の考えを持っている。それを承知の上で、いずれ衝突するのを期待しての任命だった。時期が来れば、ほんの一言、乃木に囁けばいい。迷いもなく行動に移してくれるだろう。ただ腹心とはいっても、単純にはいかない。軍人としての抑制した誇りと、頑固とも思えるほどの意思の強さを内面に秘めているだけに、接し方には注意が必要だ。田中宮内大臣のようにいかないのは承知している。

田中については、良い悪いというのではなく、やはり政治家だなと、改めて思った。一年弱前の去年の四月、田中は自分の意思で歌子を学習院教授兼女学部長に任命し、あなたならば出来ると、期待を持って、学内改革を強く求めた経緯がある。ところがあれほど歌子の能力を買い、全面的に支援してきたというのに、大臣ポストのことをちらつかせると、途端に弱腰になった。

「下田女学部長にはとかくの噂が多い。田中大臣、実はここだけの話ですが、いずれ時が来れば、彼女を罷免《ひめん》してほしいのです。私としては、貴公にはまだまだ存分に大臣の腕を振るっていただきたいと思っています」

そう言ったとき、田中は一瞬、苦渋で醜く顔をゆがめたが、驚くほどの素早さで事態を理解したらしく、むしろ追従の笑みさえ浮かべながら、承諾したのだった。

そんなことがあって以後、山県はタイミングを計るのに、むしろ乃木の方を注意深く観察していた。予想通り、歌子とは何かと意見衝突をしているようで、「そろそろ実行か」と思った矢先のことだ。思いがけず平民新聞が歌子の連載を始めたのである。最初の一文を読んだとき、

——まさに追い風だな。

と、不用意にも自然と心がはずんだ。

世間の反応を調べさせたところ、回を追うごとに歌子への反発を強めている。宮中でさえ、女官たちの間で歌子の噂でもちきりだという。皇后陛下がそれを存じているとは思わないが、たとえ歌子が学習院を罷免され、皇后陛下が不満を持たれたとしても、申し開きの理由が出来るというものだ。

今、世間とは言ったが、世の中の人全員というのではない。それは歌子に関心を抱いているか、よく知っているという人たちである。一般国民の大多数はわざわざ買って読んでいるわけではない。依然として歌子のことを日本一の偉い女性だと見ている。この点は大した女だ。

乃木については、まだ直接、彼に尋ねたことはない。今少し機が熟すのを待ちたい。というのは一本気で生真面目な彼の性格からして、いずれ院長として何らかの行動を起こすのは

十分に予想できるからだ。

——それに……。

とつぶやいた。別の追い風が吹いている。宮内庁を始めとする政府の高級官僚や国会議員の中でも、以前から主義主張で真っ向から歌子と対立している連中がいるのである。連中とはキリスト教徒たちのことだ。国学を極め、儒教精神で身をまとった天皇中心主義の歌子は、キリスト教系の学校に警戒感を抱いている。西欧諸国がキリスト教を使い、日本国民の精神の中へずかずかと入ってくるのではないかと、公には口にしないけれど、内心ではそう心配している。その危惧は自分も同じだが、この際、両者の対立は好都合というものだ。その対抗勢力が「妖婦下田歌子」を読み、じわじわと歌子の権威失墜に向けて動き出している気配がした。

あとはタイミングだと、苛立ちと戦いながら辛抱強く様子を見ているうち、平民新聞の反政府的な動きがますます過激さを増してきた。無政府共産主義や反天皇をおおっぴらに訴えたり、市民の間でも、例えば一年余り前に起こった東京の市電焼き打ち事件の一周年大会だとか何とか言って、事あるごとに暴力的な動きを加速させている。たとえ一部の赤化思想に染まった労働者たちとはいえ、不満のエネルギーは確実にたまっていると判断せざるを得なかった。腐った一個のリンゴは箱全体のリンゴを腐らせるというではないか。

——歌子はもう十分すぎるほど叩いた。

そう思った。これ以上は待てない。山県は西園寺を通じ、行動に出た。平民新聞の過激な記事を取り上げ、そのたび毎にその号を発禁にし、それを何度も何度も執拗に繰り返した。思惑通り、その処分は即、新聞売上の減少に直結し、強烈なボディブローとなって平民新聞の財政基盤を揺さぶった。

そんなところへ、三月二十七日付平民新聞掲載の山口孤剣署名「父母を蹴れ」の評論が、新聞条例違反で起訴された。あれよあれよという間に、早くも四月十三日に判決が出て、山口は三ヵ月、編集兼発行人の石川三四郎は六ヵ月の禁固刑を受けると共に、新聞発行も停止された。「万事休す」である。ここで遂に命脈が尽きた。翌日の四十年三月十四日、赤紙に第七十五号を刷り、「廃刊の辞」を叩きつけて、日刊平民新聞は三ヵ月の短い命を絶ったのである。

連載「妖婦下田歌子」はその前日の十三日、最終の第四十一回を掲載した。その中で、次のような意味の、無念をにじませた捨てぜりふを吐いている。

「発行禁止のために残念ながら連載を終わるが、まだ三十回分の原稿が手元に残っていて、歌子に文字の爆烈弾を投じて精神的に虐殺する志は変えていない」

歌子は普段通りの生活を続けている。実践女学校を精力的に経営すると共に、学習院では乃木院長とも会って、改革に汗を流す毎日だ。だが連載があって以後、どこか自分の周りの空気がおかしい。そんな気がしてならないのである。目に見えない違和感の壁がある。

もちろん記事は青木副校長から毎日受け取って読んだ。わずかな事実にねつ造を言葉巧みに混ぜ込み、あたかもすべてが事実であるかのような印象を世間に与えたのは間違いなかろう。新聞はすでに廃刊になったけれど、人々の記憶の中にあるものまで消すことは出来ない。

漢城にいる藤公さんに手紙で相談したいとは思うが、いざ書くとなると、なかなか意中を書き切るのは難しく、結局諦めた。暮れには帰国するので、その時にじっくり話したいと考えている。

だからといって、万事、仕事が進めにくいというようなことはない。しかし学習院で乃木院長と会うとき、心なしかどうも彼の表情がこわばり、繕っているようで、以前のような素直な頑固さというものが感じられないのだ。互いに骨肉を切り合うような率直な議論をしてきたのに、最近は途中で、すっと相手の口調から勢いが消え、熱意を失ったとでもいうのか、妥協的とでもいうのか、寂しさを覚える場面が多くなった。きっと連載記事《こと》のことで思い悩んでいるのではないか。根が正直で誠実な人だけに、人前でうまく糊塗できないのかもしれないと思った。日頃、腹に一物《いちもつ》ある古狸のような政治家と付き合っている歌子には、乃木の人柄はまっすぐ伸びた青竹のように新鮮で、だからこそ乃木は信頼できる人だと歌子なりに評価していた。

そんな折、困ったことが起こった。藤公さんの元書生だった人物から洩れ聞いたのだが、自分の進退のことで、同じ故郷岐阜県出身の行者で長年の友人である飯野吉三郎が、勝手に文相の牧野伸顕を訪れて頼み事をしたというのだ。寺内正毅陸相の紹介状を持っていたので牧野も会ってくれ、その時の内容というのはほぼこういうことらしい。

「平民新聞の連載記事が元で悪評がたち、下田歌子が学習院を罷免《ひめん》されそうだというが、これはよろしくない。彼女は長州出身の伊藤公や山県公らと懇意で、一方、文相は薩摩である。今は薩長が協調して国事に当たるべきなのに、もし罷免ということになれば、薩長分裂につながり、国の損失だ。どうも乃木学習院長が画策しているようだが、そうならないようにしてもらえないか」

牧野文相は回答しなかったらしいが、歌子はこれを聞いて驚いた。確かに飯野とは実家も近かったし、子供時代からの付き合いがある。しかし今回の一件はあまりにも軽率で勝手すぎる。いくら友の身を案じた行動とはいえ、有難迷惑の一言だ。

さっそく飯野に連絡をとり、真相をきいてみたところ、その通りだということが分かった。訪問したのは十日ほど前だという。だが巨体を丸め、畳に額をこすりつけて謝る飯野を見ているうち、ふっと歌子の目に子供の頃のいたずら好きだった彼の面影が重なって、急に場違いな懐かしさが胸に押し寄せ、当初の怒りが霧散してしまった。

翌朝、学習院へ行き、用事をこしらえて乃木に会った。話しながらも注意深く表情を観察したが、多少の違和感などはこれまで通りあるけれど、突出した変化はない。その信念を秘めた静かな表情を見ている限り、裏でこそこそと罷免を画策しているとはとても思えない。天皇を中心とし、国民が一致団結して列強の帝国主義から日本を守らねばならないという愛国心は、自分と同様、二人とも魂の奥深いところでしっかり共有している。これは何物にも代えがたい連帯の証《あかし》ではないか。院長を信じたいという気持ちが強く込み上げた。

それに百歩譲って飯野の言う通りだとしても、自分には田中宮内大臣がついてくれている。「今後、いかなる誹謗中傷があっても、吾輩が当局にいるあいだは、決して決して心を労すことのないよう願います」

と、あのとき明確に約束してくれた。これほど頼りになる味方はいないではないか。

ふっと皇后陛下の気品に満ちた穏やかなお顔が浮かんだ。途端にそれまでのもやもやした憂いが吹き飛んだ。


精神は古風で純日本的な乃木だが、住居や家具については意外と西洋好みだった。家は赤坂の幽霊坂（乃木が殉死した大正元年に乃木坂と改名）を上ったところにある。陸軍大将の家にしては実に質素な造りだ。半地下地上二階建ての五十坪強の和洋折衷建築で、ドイツ留学中に見たフランスの連帯本部兵舎を模し、自ら設計して建てた。外部の塗装は暗く、全体的にいっさいの装飾を排した造りは乃木好みであり、いかにも軍人らしい質実剛健なものだが、見方によっては陰鬱な重い気分にさせる。

家には妻と女中と書生らが住み、自身は学習院の寄宿舎で学生と一緒に寝起きしている。だが寄宿舎の自室のベッドだけはドイツ風のもので、これも自分でスケッチし、大工にあれこれ細かい注文をつけて作らせた。

そのベッドに横になり、眠れぬまま歌子のことを考えていた。開けた四角い窓の向こうに、満天の星がひしめくように明かりを競っている。まだ十月初めだというのに数日前から急に寒気が張り出し、夜気は刺すように冷たいが、満州での冬の寒さに慣れた体にはむしろ心地よい気さえする。その窓から、消え入りそうな犬の遠吠えが忍び込んできた。それに誘われたのか、大きな欠伸《あくび》が出かかり、途中で噛み殺した。

あれは確か二月下旬頃だったと思う。書生が浮かぬ顔で、平民新聞の束一週間分ほどを抱えて学習院の院長室へやってきた。勧められるまま読み始めてみたが、あまりのでたらめぶりに呆れた。

——まさか……。

と思った。あり得ないことだ。日頃目にする下田部長は決してそんな下劣な人ではない。おごりのない高潔な品格は、その美貌と同様、天性のものと思えるほどの自然さで見る者に迫ってくる。それに加え、和漢に通じた豊かな知識には敬服するばかりだ。生徒や父兄の信頼もこの上なく厚い。

教育方針で違いはあるものの、これはこれで互いに切磋琢磨できる向上の機会になっている。自分のこれまでの人生で、男子と並立する女子の存在など見たことはなかった。棍棒でコツンと頭を殴られたような、それでいて心地よい衝撃を覚えるのはなぜだろう。互いに反発の綱を引っ張り合いながら、学習院の経営をしていくのを楽しみにしている。

——こんな新聞記事など気にしなくていい。

あの日以来、そう思って時を過ごしてきたのだが、日が経つにつれ、困ったことが起きた。院長宛てに学外から、匿名や実名で女学部長の非行をなじる手紙や葉書などの投書が舞い込み始めたのだ。それも時間とともに増えていった。そして、連載が終わって二ヵ月ほど経った頃には、女学部長だけではなく、そんな人物を置いている学校そのものにも非難の的を向けてきた。

——このままでは学習院の評判はどうなるのか……。

それは乃木にとって、今まで経験したことがない類《たぐい》の憂いごとだった。戦争であれば、戦術をたて、兵を動かせば勝ちに導くことが出来る。或る意味、単純明快だ。他人の批評や評判ではなく、戦術シミュレーションによる論理的な推論をしていけばよい。だが学校経営というのはそうはいかない。世評というのか、世の中の人から尊敬され、一目置かれなければならないのである。それに何よりも、天皇陛下に申し訳ない気持ちを消せない。

——はて、どう対処したものか……。

乃木は悩んだ。連載内容はとても真実とは思えないけれど、世評は違った見方をしている。その板ばさみ状態はひどく気持ちを乱した。

そんな折り、恩人である山県元老から昔話でもしないかと誘いがかかり、向島の料亭に招かれた。久しぶりに食べた鰻は絶品で、妻の静子に土産に持って帰りたいと、女将に準備を頼んだほどである。

日露戦争のことで花が咲き、賑やかに談笑が続いた。だが話題に上るふとした戦争の場面で、亡くなった二人の息子の顔が脳裏に浮かび、胸底を突かれたのには困った。もちろん表情には出さないが、こうして自分だけが生き残り、うまい物を食べて酒をのんでいるのが何だか空しく思えた。まるで別の乃木希典が天井からこちらを冷やかに見ているような気がした。

——どうかしているぞ。

軍人に弱気は禁物だと、自身を叱咤すると共に恥じ入った。そのとき山県が視線を静止させ、覗くようにじっとこちらを見た。乃木は内心を見抜かれたのではとギクッとしたが、何気なく発した声のトーンがのんきそうだったので、安堵した。

「院長の仕事も大変じゃなあ。下田部長にしても、ああまで新聞で叩かれては居心地が悪かろう」

「何しろ外部から来る投書の山には参ってしまいます」

「学習院は畏れ多くも皇室に直結しちょる。これ以上の評判の悪化は避けねばのう」

「はあ。それが目下の悩みの種であります」

山県のねぎらいの言葉に、乃木は心の重荷が少し軽くなった。

「院長一人で抱え込んじゃいかんよ。宮内大臣の田中君に相談されてみたら如何かな」

なるほどそういう手があったのかと、乃木は一筋の光明を見出した思いがした。だが校内の問題を大臣のところにまで持ち込むのはどうなのか。抵抗がないわけではない。

乃木が実際に田中宮相の部屋を訪れたのは、それから一カ月弱経った九月末のことである。その時のことを今、ベッドの中で思い返していた。

今回の不祥事に対し、さぞかしご機嫌ななめだろうと心して伺ってみると、予想に反して田中は愛想がよかった。よくぞ相談してくれたといわんばかりに、自らが応接室へ案内し、どうしようというのか、平民新聞の切り抜きを持ってこさせてテーブルの上に置いた。

乃木は新聞から目を離すと、「お電話で申し上げた件ですが……」と改めて用向きを述べた。

「いやあ、頭の痛い問題ですな」

と田中は受けて、乃木が話す前に自分から世間の反響について語り出した。そして頃合いを見て、やや声を落とした。

「実はこの前、牧野文相からお話がありましてな。下田女学部長の友人に飯野吉三郎という行者がいるんですが、女学部長がこの男を使って、学習院を罷免されないようにと、文相に嘆願したそうです」

「ほう、それは初耳です」

女学部長がそんなことを本気でしたのだろうか。乃木はとっさに判断できかねたが、大臣の地位にいる人物がそこまで言い切るからには、すでに流れが決まっているように感じた。つまり罷免だ。政府の上層部でも議論され、その方向に沿っての大きな流れが出来つつあるのかも知れぬ。

そう思うと、憂いの霧が急に薄まり、今日の自分の役割は何かと考える余裕ができた。あまりにも突然のことで、罷免が適切かどうかは分からぬが、一つの解決策であることには違いがない。とっさにその船に自分も乗ろうと判断した。

そしてしばらく会話が続いたあと、田中が乃木の表情を満足そうに確認して、ていねいな言葉づかいで言った。

「下田女学部長のご尽力で、学内の改革の方はかなり進んだと拝察しています。彼女の功績大でありますが、これを機に、彼女に勇退していただき、心機一転、組織を新たにするという考えはどうでしょうか」

「もしそれが可能でしたら……」

と、乃木はすかさず賛同したのだった。気分は驚くほど軽くなっていた。


明治四十年十月十五日の朝、歌子は内親王殿下のことで官邸に田中宮相を訪ねた。ひんやりと漂う庭の空気は爽やかで、開けた窓から金木犀《きんもくせい》の芳香が、つんと甘く刺すように匂ってくる。二十分ほどで要件を終え、椅子から立ち上がろうとしたとき、「ああ」と、軽く手で制された。

「卿《おんみ》、今日は別に急ぐ用事がおありかな」

歌子が時間はあると答えると、田中は急に真面目な表情になり、顎を引いて座った姿勢を正した。

「然らば少し話したいことがありましてな。これは宮相としてではなく、友人としての話です。だから、決して怒らないでいただきたいのです」

「何事かは存じ上げませんが、私はみだりに憤るようなことは致しませせぬ。御心おきなく話していただければと思います」

　歌子は宮相の表情からただならぬ気配を感じたが、見当がつかないまま、感情を抑えて言葉を待った。

「さてさて、昨年来の女学部改革では卿は非常な尽力をなされ、着々と改善、進歩が見られます。誠に喜ぶべき結果です」

「はあ、それは……」

　と歌子は遠慮気味に応じた。

「然るにですな、世間の事には、ややもすれば心と違う事が少なからずあるものです。残念なことに、乃木院長は何分にも卿のことを知りません。何か投書などがあって、心を痛めておられます。しかしそれも過ぎ去ったようで、今は何事も聞いておりません」

　そう言って、茶を一飲みした。だが、歌子に話させぬというふうな強い気配で、「そこで相談だが……」と言って、あとを続けた。

「吾輩の愚かな思いつきで恐縮ですが、十分に信用されていない院長のもとに、長く留まるというのは如何なものだろう。かえって今、何事も起こっていないこの秋に、いわゆる功成り名を遂げて身を退くというのはどうか。この道を選ばれることこそ、安全の策ではなかろうかと、まあ、そう思うのだが、どうじゃろう」

　歌子は耳を疑った。手が震え、心臓が激しく鼓動を打った。まさに青天のへきれきだ。一瞬のうちに様々な思いが交錯した。

――一体、あの時の約束はどうなったのか。

改革に着手したとき、「吾輩、当局にある間は、決して決して心を労することなかれ」と、固く約束してくれたではないか。その言葉とあまりにも違い過ぎる。だまされたのか。いや、田中宮相はそんな人物ではない、信の置ける人だと、否定、肯定の反復が目まぐるしく胸を揺さぶった。

がすぐにそんな思いにとって代わって、乃木院長の顔が浮かんだ。この二人の間ではすでに話がなされていたのかもしれぬ。いや、そうでなければ、ここまで明確な言葉が出てこないはずだ。大きな枠組みが、それも自分の手の及ばない大きな枠組みが、すでに出来上がっていて、自分を包み込んでいることに気が付いた。今さら抵抗したところで何になろう。そう思った瞬間、有無を言わさぬ確固さで歌子の分別が定まった。もう迷いはなかった。

「ご配慮あるお言葉、恐れ入ります。突然のことで驚きは致しましたが、辞職の件はしかと前向きに受けさせていただきます。ただ……」

「ただ？」

「はい。昨年も申し上げました通り、改革には最低でも三年の歳月が必要です。第一段階の目標は成ったとはいえ、まだまだこれからでございます。つきましては辞職の時期ですが、一日たりとも未練はありませんけれど、今学年末までは留任させていただき、後の道筋をつけたいと存じます」

「いやいや、お気遣いは有難いが、そこまで考えられる必要はないでしょう。むしろ一日も早く院長の意見を求められ、それに従われるのがよろしかろうと思います。ただあえて私見を述べるなら、吾輩としては本年末が最も好時期だと愚考しますが、卿の分別と院長の考案とに任せるのみです」

歌子は耳に入った言葉の意味を反芻するように、やや時間を置いたあと、澄んだ目をかっと見開いた。波打つ憤懣を強烈な理性で抑え、月並みな台詞だと思いながら、

「閣下のご配慮、痛み入ります。感謝の言葉もございません。そのようにさせていただく所存です」

と抑制した声で言い、深々と受諾の頭を下げた。だが今抱いた憤懣の対象が、誰だか明確に思い当たらないのがもどかしい。きつい言葉を吐いたのは目の前の宮相だが、どうしても憎めるような相手ではないし、乃木院長にしても、さしたる心当たりがない。では平民新聞なのか。でもこの明治という時代、有名人や成功者なら、誹謗中傷など当たり前の社会である。珍しくも何ともない。一体自分は誰に向かって怒ればいいのか。

ひょっとして自分の宮廷に対する影響力を好まぬ勢力が動いたのか。彼らの前に自分は完敗したのだろうか。個人個人に直接的な思い当たる節《ふし》はなくても、その背後に大きな政治の思惑がうごめいているような気がしてならない。

表面的には一件落着し、その後、別の会話が平穏に続くなか、そんな歌子の惑いの表情を、田中は複雑な眼差しで観察していた。途中で山県の顔がまぶたを横切ったが、邪魔だとでも言わんばかりに、首をぶるぶると小さく横に振り、意識的にその痕跡を消し去った。

この女学部長は心ならずも汚名の雨を浴び、ずたずたに身を切り裂かれながらも、敢えて改革に挑戦した。本当によくやったと思う。乃木の力ではあそこまでやれなかっただろう。それに何と引き際の潔いことか。あっぱれである。自分は元武士として、これまで多くの勇者を見てきたが、この人物をその中に加えるのにいささかの迷いもない。学習院を去ったあとも、下田歌子は存在するのだ。たとえ陰ながらであっても、根限りの支援を続けたい。それが自分の使命であり、ささやかな贖罪《しょくざい》だと、裏切りの後ろめたさを封印するように、田中は強い意思で肝に銘じたのだった。

それから間もなくの十一月二十八日、歌子は学習院女学部長を辞職した。以後、引き続き襲ってくる幾多の嵐を踏み越えて、愛国の精神を胸に秘め、実践女学校の経営に邁進するのである。

4　招かれざる嵐

明治という時代、下田歌子の名声は東京だけではなく、日本全国に鳴り響いていた。とりわけ女学生にとっては理想の人物であり、憧れの的であった。教養のみならず、お金で見ても、女子として日本一高い年収を稼いで、日本最初のキャリアウーマンだった。明治四十一年三月十二日付の東京日日新聞に、「女人日本一の年収は下田女史、それでいて借金沢山」というタイトルで、こんな意味のことが書かれている。

「学校や出張教授、著書の印税、執筆料などを合算すれば、女史の収入は年額七千五百円になる。第二位は音楽家幸田延子女史（幸田露伴の妹。東京音楽学校教授）で、年額三千円前後であり、下田女史の半分にも満たない。それほどの収入を得ながら、下田女史は多額の借金を抱えている。その理由は実践学園の経営や雑誌『日本婦人』の刊行、各種公共団体への喜捨金（金品の寄付）などのためである」

また、博文館が発行する四十三年六月の人気雑誌「冒険世界」に、「痛快男子十傑投票当選！」という記事がある。政治家の部では人気第一位は大隈重信一万七五八三票、実業家は第一位雨宮敬次郎、「番外偉い婦人」第一位は「下田歌子一万二三七五票」で、二位の「乃木大将婦人七七五三票」を圧倒的に引き離していた。国民の間では、歌子は長年にわたり日本一の女性であった。

平民新聞の連載を読むのは一部の社会主義者などで、ほとんどの国民は関心がない。連載が終わってからでも、彼女の国民的人気は変わらなかった。

ところがそうは考えない人物が北海道にいた。石川啄木である。明治四十年の秋、小樽の地で小樽日報の記者をしていた啄木は、歌子に異常な関心を抱いていた。その年の春に連載された「妖婦下田歌子」を何度も丹念に読み返し、汚辱《おじょく》にまみれた中央政界と伏魔殿のような皇室の存在に、大いなる失望と怒りを覚えた。こんな女の存在は許せないと思った。

自分は極貧の生活にあえぎ、何とか仕事を求めて故郷の岩手渋民村から小樽へ出てきているのだが、女の武器を使って立身出世を遂げた歌子とは、何という違いだろう。正月といっても、子供心がついて以来、雑煮などという贅沢なものは我が家にはない。これが現実というものか。

この時点では啄木はまだ思想的に見て、社会主義にのめり込んでいたわけではない。ただ貧富の差という矛盾に対して、無力であるがゆえにいっそう強い苛立ちを覚えた。ストライキというものも、二度経験している。最初は明治三十四年、盛岡中学の生徒時代に教員の欠員と内輪もめが続き、校内刷新を掲げて授業ボイコットに参加した。二度目は明治四十年、渋民村へ戻って代用教員をしていた時のストライキ騒ぎである。自身の肺結核という不治の病苦が、貧困と合わせて、大成功した歌子の卑怯《ひきょう》さへの憎しみを増幅させたのは、自然の成り行きかもしれない。

ちょうど今、自分は小樽日報社会部の記者として国民と接する窓口にいる。そのことを啄木は改めて思った。社会正義のためにも、この女を糾弾《きゅうだん》するのにためらいはない。「妖婦下田歌子」のどの叙述をとっても、具体的な説得力に満ち、政治家を取り巻く下田歌子のあくどさを活写している。乃木希典を追い出して自分が学習院院長の椅子に座ろうという傲慢《ごうまん》さには、ヘドが出る。解雇されたのは当然の報いだろう。それに、自分は幸徳秋水とは面識はないけれど、平民新聞を廃刊せざるを得なかった彼の悔しさが、我がことのような鮮烈さで激しく胸を揺さぶってくる。連載の最後を飾った「下田歌子を葬《ほうむ》る」と題した心の叫び声が、間近《まじか》から聞こえてくるようだ。

「仮令《たと》え本紙廃刊するも、吾人は多くの平民の女を賊しつつある虚栄心の権化、下田歌子に文字の爆裂弾を投じて、精神的に虐殺するの志更《か》えざるべし」

そんな幸徳の無念の思いを今、自分が引き継ごうと考えた。

そして、明治四十年十一月二十九日と三十日の小樽日報で二回に分けて、「下田歌子辞職の真相――乃木将軍が眼上の瘤《こぶ》」と題し、署名入りの糾弾文を掲載している。平民新聞の連載記事からエキスをそのまま忠実に抜き書きし、若干の情報収集もした。そして最後に歌子の生き方を非難して、

「女史の如きは到底過度期時代に生まれたる一個の怪物なり、『誤れる思想』の権化なり……一生に何事も成さぬ女が一番豪《えら》い女なり。女は矢張り女らしきが好《よ》きぞかし」

と自らが発した軽蔑の言葉で締めくくった。ただ歌子と面識はないので、そこは物書きの

プロとしての用心深さは持っていた。繰り返し「吾人深く女史を知らずと雖《いえど》も」とか「表面より見ただけにて」などと枕詞《まくらことば》を付し、うまく逃げている。この時代、啄木でさえもが、女は深窓に引っ込んでいるべきと考えていたのかと、そんな偏見を裏打ちする一文である。

歌子はこの記事については、その後に東北から北海道へ講演旅行をしたときに知ったらしい。ただ、まだ啄木は有名でもなく、歌子もあまり気にとめなかった。だが五年後に啄木が他界して以後、作品集「一握の砂」や「悲しき玩具」などが俄然世間の脚光を浴び、それが契機でこの連載記事も注目されるようになった。そして、時を経るにつれ、誰もが予測しなかった進展を見せる。

「あの石川啄木でさえもが下田歌子を非難している。余程あくどい女に違いない」

そんな声がどんどん一人歩きし、まるで催眠術にでもかかったかのように、何の疑問もなく世間の人の目と心に刻み込まれた。そして一たび完成された悪評は、修正不能なほどの強い説得力を持ち、現在も生き続けているのである。

小樽日報掲載から一ヵ月ほど後の明治四十一年一月、啄木は大雪が降り積もるなか、古びた長靴《ながぐつ》をはき、小樽で催された社会主義演説会に聴衆として出かけた。

終了後の茶話会で、新渡戸稲造の影響を受けた社会主義運動家の西川光次郎と知り合い、まだ漠然とながらも社会主義への興味を抱いた。そして翌年秋頃から俄然、その関係の本を読み始め、幸徳秋水や堺利彦らの思想に傾注していく。

そうこうするうちの明治四十三年五月、大逆事件が発生した。長野県明科の製材工、宮下多吉が、天皇暗殺のため爆弾を製造していたというテロ計画が発覚したのである。政府は直ちに幸徳秋水らを含む社会主義者二十六名を容疑者として逮捕し、大逆罪で起訴した。大逆罪とは、天皇や皇后、皇太子などに危害を加えることを指した犯罪類型をいう。

大審院による秘密裁判が進められ、宮下ら四名は計画を自白。だが他には何の証拠もないまま異例のスピードで進行し、翌年一月十八日、幸徳以下二十四名に死刑、二名に有期懲役の判決が下された。しかしその翌日、死刑者の半数を無期懲役に減刑したが、二十四日に十一名、二十五日に一名と、二日に分けて、幸徳ら十二名全員に素早く死刑を執行したのだった。元老山県有朋や桂太郎首相らの高笑いが聞こえてきそうである。堺利彦については、たまたまこの事件当時、別の事件で獄中にいたので連座を免れた。

当時、啄木は校正係として東京朝日新聞に勤め、ロマン的文芸雑誌である「スバル」を舞台に、短歌や詩、評論などを発表していた。「スバル」は文芸誌「明星」が廃刊になった後、森鷗外や与謝野鉄幹、与謝野晶子らの協力によって発行されたものである。

大逆事件が報じられると、啄木は裁判の弁護人であった歌人仲間の平出修から、膨大な裁判記録をひそかに借り出した。何日かの徹夜もいとわずに書き写すうち、或る結論に達した。宮下多吉ら一部の容疑者を除き、幸徳ら多くの人たちは無実であると確信したのである。冤《えん》罪《ざい》なのだ。

そしてそれらの感想を連日、日記に書きとめると共に、精力的に社会主義関係の本を読みあさるようになる。その間、多忙のなか、七月一日には社用も兼ねて、胃潰瘍で入院中の夏目漱石を内幸町の長与胃腸病院へ見舞いに訪れている。

啄木はその年の出来事を要約し、日記にこう記している。

「……思想上においては重大なる年なりき。予はこの年において予の性格、趣味、傾向を統一すべき鎖鑰《さやく》（錠と鍵）を発見したり。社会主義問題これなり」

十月に長男が生まれたが、三週間あまりで病死するも、気を取り直し、十二月一日、第一歌集「一握の砂」を東雲堂から出版した。その中の一つ。

「はたらけど　はたらけど猶《なお》わが生活《くらし》楽にならざり　ぢっと手をみる」

いくら働いても一向に生活は楽にならず、働くその手をじっと見つめている啄木の、希望を見出せない虚無的な心情が伝わってくる。それに引き換え、下田歌子はと思うと、自分との差に愕然とする思いになったのだろう。しかし肺結核の病状は日増しに悪化し、明治四十五年三月七日、小石川区久堅町で短い命を終えた。享年二十六歳であった。

では歌子にとって、啄木の存在は何だったのだろう。正義感に燃え、貧困と病苦にあえぐ若い文学志望青年が、社会主義思想に興味を抱いた。そしてたまたま歌子を糾弾する平民新聞に出会い、いたくそれに共鳴して、直情径行、自分も歌子を葬る戦いに参加せねばならぬと決意。「下田歌子辞職の真相――乃木将軍が眼上の瘤」を小樽日報に書き、攻撃したのだった。

攻撃された歌子にとっては迷惑以外の何物でもない。これこそ冤罪である。啄木が、冤罪だと確信した幸徳秋水と同じことを、無自覚のうちに自分がしていたとは何という歴史の皮肉であろうか。

文化人の皆が皆、歌子を非難していたわけではない。文学者の国木田独歩（明治四年～明治四十一年）は歌子を好ましく思っていた。明治三十五年に発表した短編小説「巡査」の中に歌子を実名で登場させている。その内容はこうだ。

「自分」はふとしたことで好人物の巡査「山田銑太郎」と懇意になり、ぜひいらっしゃいと促されて彼の部屋を訪れた。年齢が三十四、五の山田巡査は『自分』と酒を酌み交わしながら話をするうち、興に乗って自作の漢詩を吟じた。「春夜偶成」と題する五言絶句（中国唐代に完成した近体詩の一つ）である。詠み終えると、山田巡査は「これは下田歌子さんの歌に何とかいふのが有りましたねェ……それを翻訳したのですがまるで比較になりませんなァ。あの婆さん、と言っちゃあ失礼だが、全く歌はうまいもんですなあ」（原文のまま）と言い、再び春夜偶成を吟じた、というふうに独歩は書いている。

歌子が宮中に出仕していた十九歳の時に作った和歌「春月」を、山田巡査が漢詩にアレンジしたというのだ。この短編小説「巡査」が発表されたのは明治三十五年で、当時、歌子はすでに四十九歳になっていたにもかかわらず、「春月」がまだ世間に広く知れ渡っていたということを示している。独歩は山田巡査の言葉を借りて、歌子の歌才をほめ、好感を抱いていることを隠していない。

森鷗外も小説「青年」の中に、高畠詠子の名で歌子を好意的に登場させている。明治四十三年から翌年まで一年半弱をかけて「スバル」に発表したもので、物語の展開はこうだ。

作家志望の小泉純一という青年が、田舎から上京してきて大都会で自立生活を始めた。ある日、先輩の大村に誘われて散策をしに上野駅へ行き、そこの待合室で、五、六人の女学生に囲まれた婦人に目を奪われた。身だしなみは立派で、その姿勢や態度が凜としている。さらに一人一人にかけている言葉が、「洗練を極めた文章のやうな言語に一句の無駄がない。それを語尾一つ曖昧とせずに、はっきり言う」(原文のまま)と感心する。そして「この奥さんは女丈夫とか、賢婦人とか言われる方の代表であろうと思った」と、心の中でつぶやく。純一はいったいあの婦人は誰なのかと大村に尋ねたところ、大村は「あれは、君、有名な高畠詠子さんだよ」と教えるのである。他にもいろいろ言及したのち、その時の婦人についての印象を、鴎外は純一にこう語らせている。

「東京の女学校長で、あらゆる毀誉褒貶《きよほうへん》を一身に集めたことのある人である。校長を退いた理由としても、種々の風説が伝えられた。国にいたとき、田中先生の話に、詠子さんは演説が上手で、或る目的を以て生徒の群れに対して演説をするとなると、ナポレオンが士卒を鼓舞するときの雄弁の面影があると言った。悪徳新聞のあらゆる攻撃を受けていながら、告別の演説でも、全校の生徒を泣かせたそうである……とにかく英雄である。絶えず自己の感情を自己の意志の下に支配している人物であろうと、純一は想像した」

この文章の前後関係から、高畠詠子が下田歌子であることは明らかだが、作品が発表された時期は「妖婦下田歌子」が連載されてまだ三、四年しか経っていない。世間の歌子攻撃が燃え盛っている最中であり、啄木が岩手日報に歌子攻撃の記事を載せたあとでもある。そんな環境下で鴎外はあえて歌子を登場させて擁護したのだ。歌子に対する鴎外の温かい気持ちがうかがわれる一節ではないか。或いは執拗な歌子非難に対する婉曲的な抗議なのか。平民新聞のことを「悪徳新聞」と、あからさまに感情を込めて書いている。

歌子にとって悲しい出来事があった。

「一握の砂」が出版される一ヵ月あまり前の明治四十二年（一九〇九）十月二十六日、伊藤博文は満州にいた。ロシアの蔵相ウラジミール・ココツェフと満州・朝鮮問題について非公式に話し合うため、日本から赴いたのだった。一年四ヵ月ほど前にすでに韓国統監の職を辞し、日本の貴族院議員で枢密院議長を務めていた。

午前九時、伊藤の乗った列車がハルピン駅に到着した。ココツェフがそれにさっと乗り込み、出迎えの固い握手を交わしたあと、二人は駅頭に立った。ロシア守備隊を閲兵し、それから日本人歓迎者たちの方へ伊藤が向かおうとしたとき、いきなり独立運動家の安重根から三発の弾丸を浴びせられた。胸と腹部に被弾した。瀕死の重傷を負いながらも、弱々しい声でしばらく会話をしていた。

「凶漢は……何物か」

「韓人です」

「馬鹿な……や、っ……だ……」

そして、次第に意識が遠ざかる三十分後、波乱に満ちた六十九年の生涯を終えたのだった。まだまだ気力は満ち、肉体は頑強で、日本国の舵取りに最後のご奉公をと思っていただけに、さぞかし無念であったろう。

前日行われた歓迎会でのスピーチで、信念のこもった声を張り上げ、「戦争が国家の利益になったことはない」と持論を語っている。その翌朝の死と重ね合わせたとき、何という重い言葉を吐いたのかと思わざるを得ない。後世の我々には、その行為は偶然ではなく、むしろ、そうせねばという無意識の意思を持った必然のような気がしてならないのである。意図はしなかっただろうが、まるで遺言の重さを思わせるように、伊藤はその言葉を残して永久《とわ》の旅に出たのであった。

あとはお決まりのコースが待っていた。融和主義の伊藤の死は、日本の対韓国政策を根本的に変えた。山県らによる強硬派の声が一段と高まり、一年二ヵ月後に行われた韓国併合へと一気に突き進むのである。

安重根としては、支配国日本への恨みを晴らしたつもりだろう。だがあのとき彼が伊藤の考えを知っていたのかどうか、疑問である。もし知っていたと仮定して、伊藤が暗殺されていなかったなら、果たしてアジアはどうなっていたか。たぶん山県らの動きが制約され、韓国は違った発展をしていたかもしれない。そう思うと、歴史というのは、その時々に起こる紙一重の偶然が決定していると言えなくもない。

伊藤の死に接し、山県は「語りあひて尽くしし人は先だちぬ」と一首を捧げ、周囲にこう言ったという。

「伊藤は死ぬことまで幸運な人である。自分は武人としてまことにうらやましく思う」と。

どこまで本心であったのだろうか。

歌子は信じられない気持ちで訃報を聞いた。実践女学校の校長室で、椅子に座った腰が、ガクンと抜け落ちたような衝撃に見舞われた。実はハルピンへ出発する前に、久しぶりに伊藤から、会わないかと誘われた。が、ちょうど北陸への講演出張と重なっていたので、伊藤の帰国後に会うことにした。

――あのとき藤公さんはきっと何かを言い残したかったのかもしれない。

運命の最後の瞬間が間もなく到来するのを、彼の五感は気付いていたのだろうか。そうとしか考えられないほどの、死の直前での誘いだった。それをどうして断ってしまったのか。出張日程など、変更すればすむことだ。歌子は会わなかったことを後悔した。己の浅慮《せんりょ》を恥じた。生前に受けた数々の好意に対し、お礼の言葉を言えなかったのが悔しく、心残りであった。

ふと昔、新橋の料亭で襲われた時のことを思い出した。このことが二人の間で話題に上ったことはなかったが、それがかえってあの人を責め続けていたのかもしれないと思った。

自分は罪な女なのか。人を許そうとしない傲慢な女なのか。自嘲気味に無言でそうつぶやいたとき、どこでどう作用したのか、急に歌子の中に場違いな感情が湧き出た。

ひょっとして藤公さんは最後の最後まで自分に好意を寄せてくれていたのではないかと、一方的に想像し、胸が熱くなった。そんな目で見れば、思い当たることが多くある。

それは願望ではなく事実かもしれないと自分を励ます一方、自分も心の奥底では藤公さんが好きだったのかもしれないと、そんな気がした。その思いは不謹慎にも、人が亡くなった時だというのに、瞬時、歌子を幸せな気分にした。

――今、あの世で枢密顧問官の佐々木高行翁と会っているかもしれない。

いつか自分もその仲間に加わりたいものだと、さらに勝手な願望をふくらませた。顧問官には宮中に出仕していた頃からずっとお世話になっていたのだが、つい七ヵ月ほど前に七十九歳で死んだ。そこへ藤公さんだ。身近な人が立て続けに亡くなり、わけも分からぬ寂しさに襲われるけれど、同時に、だからこそ残りの人生を精いっぱい生きねばと、そして今度あの世で会ったときに叱られないように頑張らねばと、そんなふうに前向きに気持ちを切り替えるのだった。

さて話は変わるが、同じ明治の元勲でも、こうも違うものなのかと思う。伊藤と山県を比べた場合、金に対する執着心がまるで異なるのだ。伊藤は生涯、賄賂を受け取らなかったし、質素な暮らしであった。金銭には驚くほど恬淡《てんたん》としていた。伊藤が死んだとき、ほとんど財産が残っていなかった。あばら家とさえ見まがうほどの安普請の「槍浪閣」一軒と、わずかな刀剣だけだった。葬儀は国葬と決めたものの、屋敷に車寄せ（車を寄せて乗降するために、玄関前に設けた屋根付き部分）さえないのに役人たちは驚き、急ぎ臨時予算を下賜して屋敷を改築させたほどである。

一方、山県は政府からの払下げなどを利用し、多くの土地屋敷を残している。目白台本邸の椿山荘をはじめ、大磯別邸の小淘庵、京都別邸の第二無鄰菴、第三無鄰菴、小石川別邸の新々亭、小田原別邸の古希庵、麹町の新椿山荘、長州の初代無鄰菴、栃木県の山県農場などがある。

死の追い討ちはさらに歌子を襲った。明治四十五年（一九一二）七月三十日、明治天皇が五十九歳で崩御されたのだ。

糖尿病の持病があり、慢性腎臓炎を患っておられたのだが、二十六日に尿毒症の末期症状を呈し、二十九日に昏睡状態となったあと、午後十時四十三分崩御なされた。ただ大正天皇による践祚《せんそ》（天皇の位を受け継ぐ儀式）を死亡と同じ日にやらねばならず、その準備を考慮し、三十日午前零時四十三分に崩御と発表された。

歌子はいち早く情報を得た。いつかその時が来るかもしれないと、心構えはしていたつもりだが、いざそれを聞いた瞬間、巨大な岩が突然頭上に落下したような、有無を言わさぬ衝撃に押しつぶされた。しばらくのあいだ、数時間というもの、思考の窒息状態に陥った。

が徐々に回復するにつれ、明治という激動の時代を雄々《おお》しく生きられた天皇のお顔が、その時その時のりりしさで瞼に迫ってきた。そして涙があふれ出るのをそのままに、覚えているお声の数々を耳の奥で再現した。どれもこれもが懐かしさと悲しみの相反感情で激しく胸を揺さぶった。その生々しいお姿がもうこの世にはおられないということが信じられず、再び頭が混乱しかけた。

　と、その時である。

「こんな時こそ動揺してはならぬ」

　どこかからそんな声が聞こえてき、さ迷っていた意識が覚醒された。あまりに低くて、天皇なのか藤公さんなのか判別できないが、確かにそのどちらかの声が聞こえたような気がした。

　気のせいだろうか。たぶん何かの錯覚かもしれぬ。きっとそうに違いない。こんなことはあり得ないと、懐疑の目で左右を見回したとき、ふと壁にかかった天皇皇后両陛下の写真が目に入った。

　その途端、心臓に励ましの電流が鋭く走った。そうだ、自分には皇后陛下がついて下さっている。そのことに気がついた。

　動揺などしている暇はないのだ。自分には女子教育という仕事があるではないか。まだまだやることは山ほどある。これまでにも増して力を注ぐことこそ、自分に課された務めであろう。そうすることで、皇后陛下に現世で御恩を返せるだけでなく、いつかあの世へ旅立ったとき、堂々と先輩たちにも報告が出来るというものだ。

　歌子はまるでバネのねじりが戻るような力強さで前向きの気力を取り戻していた。自愛に満ちた皇后陛下の写真に見入るうち、先ほど起こった動揺を打ち消すに十分な勇気、いや、それをはるかに超える勇気を授かったような豊かな気分になった。

明治天皇崩御の瞬間から大正が始まったが、それから一ヵ月半ほどが過ぎた大正元年九月十三日、青山練兵場（現神宮外苑）で大葬の儀式が行われた。日の落ちた午後八時前、宮城を霊柩が出発するのを告げる号砲が夜空に鳴り響いた。それを合図に、乃木希典と妻の静子は自宅二階の居間で、自刃による壮絶な死を遂げた。殉死である。乃木六十三歳、静子五十三歳だった。乃木は陸軍大将の軍服、静子は紋付の着物を着ていた。

ニュースはたちまち世界中に広がった。徳川幕府が殉死を禁じて以来、二百五十年ほどが経っていて、この決行に賛否両論が湧き起こった。国民や多くの新聞は乃木の切腹に感動し、明治天皇への忠誠を貫いた崇高な行為だとしてほめたたえた。

その一方で、冷やかな、というより時代錯誤の愚挙《ぐきょ》とみなす声も少なからずあった。その一つに学習院出身者たちを中心として創刊された同人誌「白樺《しらかば》」の作家たちがいる。武者小路実篤や志賀直哉、有島武郎、里見弴らは、常々、乃木の考えは野蛮だと、反発を感じていた。学生に豚切りをやらせたり、なるたけ風呂に入らぬよう訓練せよと説教したりと、物笑いの種だと軽蔑した。

殉死に遭遇した志賀直哉は、翌日九月十四日の日記にこう書いている。

「乃木さんが自殺したというのを英子（ふさこ。腹違いの志賀の妹）からきいた時、馬鹿な奴だといふ気が、丁度下女かなにかが無考へに何かした時感ずる心持と同じやうな感じ方で感じられた」

武者小路実篤も「三井甲之君に」（大正元年十二月「白樺」に掲載）の中で乃木の殉死をゲーテやロダン、ゴッホと比較し、嘲笑した。

「ゲーテやロダンを目して自分は人類的の人と云ひ、乃木大将を目して人類的の分子を少しももたない人と云ふのに君は不服なのか……さうして君は乃木大将とロダンと比較して、いづれが人間本来の生命にふれてゐると思ふのか。乃木大将の殉死が西洋人の本来の生命をよびさます可能性があると思ってゐるのか……理論の如何に尊重すべきかを知る時に……なぜ主義の為に殉ずる人のやうに自己に権威を感ずることなしに殉死されたかがわかるだろう。かくて自分は乃木大将の死を憐れんだのである……ゴオホの自殺は其所にゆくと人類的の所がある」

では歌子はどう感じたのか。実はそれほどの衝撃を覚えなかった。日頃の乃木の言動から、天皇の後を追うという選択肢は以前から考えていたのかもしれないと、合点した。比較的落ち着いた気持ちで、黙って両手を合わせ、夫妻の成仏を祈った。

ただ残念なことが一つあった。それは乃木が本当の教育者であったのかどうか、という疑念が生まれたことだ。今どき割腹自殺という野蛮な死に方で古い武士的な忠誠を実証したわけだが、精神の発達途上にある在校の生徒たちにどんな影響を与えるか、考えたのだろうか。命を捨てるだけが教育ではない。命を捨てる覚悟で社会のために尽くし、国のために尽くす。それを達成するためには、むしろ命を大切にせねばならないのだ。それを教えるのが教育ではないのか。

天皇への忠誠をまっとうする手段として、自分だけの魂の充足感を求めて一方的に殉死した。そんなふうに歌子には感じられ、或る意味、利己的だとさえ思った。しかも陸軍大将の軍服を着ている。これなど、無言のうちに軍人に向かって殉死を奨励していると解されても仕方あるまい。明治天皇はそんなことを望んでおられないはずだ。

——だが……。

と、ここまで来て、ふと行きづまった。妻の静子様までが腹を切って死んでいる。これをどう解釈すればいいのだろう。夫が妻に強要したというのも、乃木院長の目的からすれば考えにくい。妻まで道連れにする必要はないからだ。

すると……と、不意にひらめいた考えに歌子は胸を突かれた。

——日露戦争で亡くした息子のことではないか。

最愛の息子が二人とも自分たちより先に逝き、その悲しみに耐えながらこれまで生きてきた。早く会いたいという切望を振り切って、必死に生きてきた。だが天皇が旅立たれた今、気持ちを支えてきた綱がぷつんと切れた。もうこの世に何の望みも持たないことを明確に自覚した。二人は話し合い、納得した上で殉死の道を選んだのかもしれない。明治天皇への忠誠と、もう半分は、むしろこの半分の方がより重いのだが、息子に会いたい気持ちが一気につのり、そう決断したのではないか。

こう思ったとき、歌子に気持ちの変化が起こった。窮屈で頑固で平板な人格だとばかり思っていた乃木の中に、生身の人間臭さを見出し、その弱さに対して無条件の親しみを覚えた。殉死を受け入れるわけではないが、その心情に何だか応援したいような共感を抱いたのだった。

5　極貧にもめげず

ペリーが浦賀に来航して数十発の空砲を発射し、鎖国の安眠をむさぼる日本に警鐘を鳴らしたのは、嘉永六年（一八五三）のことである。以来、日本国中で蜂の巣をつついたような騒ぎが始まるが、それから一年後の八月八日の夜、江戸から遠く離れた山奥の美濃国（岐阜県）恵那《えな》郡岩村城下で、岩村藩士である平尾鍒蔵《じゅうぞう》の長女として、歌子が産声《うぶごえ》を上げた。三十七歳の鍒蔵にとって初子《ういご》であり、喜びはひとしおで、幼名を鉐《せき》と名付けた。歌子という名は後の明治五年十九歳のとき、皇后陛下から賜ったものであり、便宜上、本誌では鉐ではなく最初から歌子で通す。

岩村城は歴史が古い。海抜七一七メートルの山上に位置した日本三大山城の一つである。別名「霧ヶ城」とも呼ばれた。城の大手門をくぐったところに、澄んだ冷たい湧水の「霧ヶ井」と称する井戸が見える。鎌倉時代からの言い伝えで、いつも外敵が迫ってきた時には、この井戸からみるみる霧雲が吹き出して辺りに立ち込め、敵を追い返したという。

城主は徳川一門の由緒ある松平家だった。藩をあげて向学の美名が高く、少し下った丘に藩校の文武所「知新館」を設け、最盛期四百名を超える生徒が学んだ。平尾家は代々学者の家系で、歌子の曽祖父他山、祖父琴台、父鍒蔵は、儒学を修める漢学者であると共に国学者でもあった。その関係で琴台と鍒蔵は、佐幕か勤皇かで藩が揺れたとき、一貫して勤皇で通した。これが平尾家の家計を困窮に追いやり、歌子も辛苦をなめるのである。

祖父琴台が二十五歳の時に藩内で儒学の主導権争いが起こった。天明七年（一七八七）老中松平定信が「程・朱子学」を正統な儒学と認定し、それ以外の学問を禁じたので、経済や実用に重きを置く琴台の儒学は異端と指弾されたのだ。その結果、琴台は責任をとらされる。平尾家との離縁を迫られ、断腸の思いで妻子と別れて岩村を去り、江戸へ帰った。そして孫の歌子が生まれた安政元年には、越後高田に蟄居《ちっきょ》を命ぜられている。

時代は激動していた。安政三年（一八五六）七月、アメリカのハリスが三たび下田へやってきて、開港を迫った。日本国中が尊王か攘夷で揺れるなか、翌年の十月、将軍徳川家定は遂に屈してハリスを正使と認め、江戸城で引見した。

「これは筋が通らぬ」

天皇を崇敬する鍒蔵は憤慨し、藩内で異を唱えた。しかし徳川一門の松平家では勤皇派は劣勢であり、反発を買う。幾人かの若い勤皇武士が切腹を命ぜられた。ただ鍒蔵は病弱に加え温和な性格だったので、断罪を免れ、蟄居、幽閉を言い渡された。とはいえ、いつ何時、死に追い込まれるか分からない不安定な状況である。これは即、俸禄がなくなることを意味し、平尾家は突如、収入の道を断たれたのだった。

やむを得ず、当面のあいだ、それまでいた小侍や草履《ぞうり》取り、女中などに暇をやったが、一年もすると貯えが消え、家財道具の売り食いで日々をしのがねばならなかった。幼少の歌子にとり、ひもじさとの戦いはつらかったが、毎度の食膳に漬物ひと色しか並ばなくても我慢した。そんな状況下ではあっても、大人や子供たちは息抜きもあり、手製のカルタを数通り持っていて、古歌や古詩などを上の句、下の句に分けて畳の上に置き、取って遊んだ。

歌子も三、四歳ころから参加し、自然のうちに暗誦した。そして五歳の元旦に、「ああ、歌ができました」と叫びながら祖母の部屋へ駆け込み、口ですらすらと、「元旦はどちら向いてもお芽出たい、赤いべべ着て晝《ひる》も乳呑む」と詠《よ》んだ。これが歌子の最初の和歌である。また六歳のとき、夕立のあと、間近の恵那山を見て、「夕立のはれてうすぎり立ちこめてくもゐ《い》に見ゆる山のみねかな」を詠んだ。

七歳ころになると、畑仕事のかたわら、近くに住む同藩の大野鏡光尼から国文学を学び始め、又たまに用事で城から家へ戻ってくる父から漢籍を学んだ。いよいよ本格的に勉学への道を歩み始めたのである。ともかく本の虫なのだ。

時々、夜の七時頃から二時間ほど裏隣の家へ行く。そこの主婦を中心に二、三人が集まって、歌を詠んだり太平記を輪読する会をもっていて、歌子も顔を出す。ただ歌を作るだけではない。藩では働くことを奨励していたので、皆は桑を摘み、蚕を飼い、糸を取り、綿を挽《ひ》き、そんな仕事の合間、合間に歌を詠むのである。大人に交じり、子供の歌子も詠んだ。そして裏隣へ行かない日の夜は母の部屋で糸車を繰り、手伝いをする。だが膝の上には必ず本が載っていて、文句を言われないように、一所懸命糸車を繰りながら本を読むという両刀を使いこなした。

一方、この頃、外に目を向けると、世相は混乱の極に達していた。万延元年（一八六〇）に桜田門外の変で大老井伊直弼が水戸藩と薩摩藩の脱藩浪士によって暗殺されている。その二年後の文久二年にはイギリス人が薩摩藩士に殺傷される生麦事件《なまむぎじけん》が勃発。翌年五月には長州藩が馬関海峡（現関門海峡）を封鎖し、航行中の米仏蘭艦船に無通告で砲撃した。また生麦事件の解決を求めて英艦が鹿児島に来航し、薩摩藩と戦争する。さらに天誅組《てんちゅうぐみ》の変、但馬生野の変などが矢継ぎ早に起こり、いよいよ幕末の動乱に拍車がかかるのである。

そんな翌年の元治元年（一八六四）、平尾家に朗報が舞い込んだ。長かった父鍒蔵の蟄居が七年ぶりで赦免されたのだ。歌子十一歳の時である。直ちに藩校文武所「知新館」出役を拝命した。長く部屋に閉じ込められていたせいか、顔面は蒼白で、極度に体が弱っている。

さっそく城へ出仕して議論の場に出てみたが、ひどく落胆した。

——何をもたもたしているのだ……。

出てくるのは愚痴ばかりである。幕政はどんどん崩落に向かって走っているのに、誰もそれを見通せる者がいない。重役たちは相変わらず佐幕か勤皇かで揺れている。鍒蔵は焦った。

——このままでは藩が社会の動きから取り残されるのではないか。

事実、世の中は彼らの思考能力をはるかに超えるスピードで変化していく。慶応二年（一八六六）六月、幕府軍は第二次長州征伐に出たが、敗走に次ぐ敗走を余儀なくされ、あげくには翌月、軍を率いた第十四代将軍徳川家茂《いえもち》が大阪城内で薨去《こうきょ》した。代わって一橋慶喜《よしのぶ》が第十五代将軍となり、続く慶応三年（一八六七）には明治天皇が即位された。さらにその年の十月、大政奉還が行われ、将軍徳川慶喜は政権返上を明治天皇に上奏し、翌日天皇がこれを勅許した。そして、十二月に江戸幕府を廃絶して新政府を樹立するという王政復古が宣言された。この時を境にして、日本を支配していた旧制度が根本から覆《くつがえ》ったのである。

通信の便もない山間僻地の岩村に十月の大政奉還の知らせが届いたのは、一ヵ月余り遅れた小雪がちらつく十一月下旬だった。病気がちの鎵蔵がハァハァ息せき切って城から家へ戻ってくるなり、家じゅうに「わあーっ」という歓声が上がった。母屋から離れたところに建っている鎵蔵の書院で本を読んでいた歌子は、何事かと驚いて戻ると、皆が声を上げて泣いている。歌子も十四の歳であることも忘れ、父に飛びつかんばかりに抱きつき、泣いた。

「お父上、これで密雲がひらけまする。天日が射しました」

倒幕勤皇の大義を叫び、攘夷の主張を曲げなかった父の蟄居閉門の苦しかった時代が、歌子の胸にふつふつとよみがえった。そんな父が誇らしく、感極まり、同時に今も続く極貧生活への憂悶《ゆうもん》がこれで晴れるかもしれないと、希望を託した楽観で飛び跳ねたい心境になった。

新しい時代の到来だ。時を移さず鎵蔵の家に同志たち数名が集まり、藩の善後策を話し合った。歌子は参加はしていなくても、十分に内容は分かる。

その寄り合いは日夜続いて止むことはなく、そのうちさらなる追い風が吹いた。王政復古が宣言されて、いよいよ鎵蔵らは大きな光明を前方に見出したのである。

ところが松平家の岩村藩では、あきれるほど反応が鈍い。依然として佐幕の色が濃く、幕府への思い入れがあまりにも強すぎた。昨日までの征夷大将軍が二百六十有余年の政権を捨て、今日は一介の無官になろうというのに、この藩はまだ日本の帰趨《きすう》が分からないでいる。それも宜《むべ》なるかなだ。藩主の松平乗命《のりまさ》は、江戸で陸軍奉行を務め、内心では征夷大将軍が取った一連の行動にことごとく不満を抱いていた。表向き藩主は一応、大将軍に恭順の意を示しているものの、藩内の勤皇派にとって、そんなふうに額面通りに受け取るわけにはいかない。藩内での勤皇派の勢力は弱小で、分が悪い。

加えて江戸家老の澤井市郎兵衛はまさに佐幕派の首領であった。藩主を奉じて、一方的に自分の策謀を押し通そうとした。国家老の同志と打ち合わせを持ち、まだ二十歳に過ぎない経験不足の藩主をうまく口説き、幕府復興運動をやろうというのだ。時代錯誤も甚だしい。

その相談がまとまったという情報を入手した鎌蔵らは、慌てた。

「何ということだ」

「このまま進めば、藩は間違いなく取り潰されてしまう。これだけは避けねばならぬ」

そこで急ぎ行動に出た。

「藩主は勤皇の士である」

ということを訴えようと、同志二名がひそかに京都に上った。鎌蔵の手紙を持ち、ツテを頼って朝廷に訴え出た。もちろん藩主の松平乗命には無断である。

当時、五十歳の鎌蔵は病臥中だったが、命を張ってでも決起せねばと、悲壮な思いであった。鎌蔵の人となりを伝え聞いていた朝廷の官吏は二人をねぎらい、上奏を約束してくれた。

朝廷としても、ここは一藩でも味方につけたい心境であろうと、報告を聞いた鎌蔵は一先ず安堵したが、江戸家老の動きが気になった。

藩内の重役たちは相変わらず大勢を見ようとはしない。ただ感情的にますます佐幕にのめり込み、まさに危険な行動に出ようとする寸前であったが、そんな中、思いがけないことが起こった。慶応四年が明治元年に変わった一八六八年の正月早々、鳥羽伏見の戦いが勃発したのだ。旧幕府軍は新政府軍の前にあっけなく敗北し、幕府の命脈は完全に尽きたのである。

鍒蔵はこの時とばかり、勤皇派のリーダーとして声を張り上げた。

「もはや時代の趨勢は明白です。今こそ我が藩は朝命を奉じ、王事に従うべきであります」

同志たちも同様に主張したが、鍒蔵らの意見はかき消され、藩論は迷走した。

ところが一月も終わりに近づくころ、隣国の尾張藩がいち早く勤皇の行動に出て、実《じつ》を上げた。そして尾張を中心とする近藩に対し、勤皇になるよう誘引するべく、朝廷から「勤皇誘引方」の朝命を拝したのである。尾張藩は岩村藩を含む数藩の盟主といったような立場に急に成り上がった。

「何と見下げたものよ」

と、重役たちは裏切られた思いで憤り、信義にもとる行為だと非難した。しかし鍒蔵は気が気ではない。このまま無為でいたら藩の立場は悪化する一方だ。ぐずぐずは出来ない。藩主の勤皇精神を認めてもらわなければ取り返しがつかないことになる。鍒蔵は強引に皆を説き伏せ、とりあえず先発として自ら尾張へ赴《おもむ》くことになった。

明くる日の早朝、家の玄関を出るとき、いきなり木曽の御嶽《おんたけ》下《お》ろしの山風が身を切るような冷たさで鉎蔵の頬に当たった。病をおしての旅立ちで、顔面蒼白のせわしい息遣いなのに、気持ちが勇んでいるのか、眼光だけは異様に鋭い。それがいっそう悲壮感を漂わせている。歌子はそんな父を見送るのがつらく、自分が男であったならと、見えない神を恨んだ。

しかし無事に大役を終えて帰ってきた鉎蔵を待っていたのは、意外な結末だった。もとより歓迎してもらおうなどという甘い考えはなかったが、それにしてもひどい仕打ちである。重役たちから、あろうことに勝手な行動をしたと逆に非難され、白い目で見られた。

「貴公は藩の意思にそむく気か」

「大それたことをしたものよ」

病気なので城へ出るのは毎日ではないけれど、出たら出たで、城中ではつらい日々が続いた。そして春が近づいたころに、とうとう恐れていた鉄槌《てっつい》が下った。佐幕に傾いたままの重役たちは、再び鉎蔵に「藩政を乱す不届き者」という一方的なレッテルを貼りつけ、又しても幽閉してしまったのである。今回のは厳密には「閉門」といい、蟄居《ちっきょ》よりは軽い罰則だが、自宅屋敷の門扉と窓を閉ざし、昼夜とも厠《かわや》に行く以外は部屋に閉じこもらねばならない。

平尾家の家計に見え始めた淡い光明も、一瞬にして消えた。歌子ら家族は以前の時以上の厳しい困窮生活をそれから三年間、強いられたのだった。食事はいよいよ簡素、少量となり、漬物ひと色かお茶漬けくらいで、それを補うため、畑で出来た芋を煮た。

だが歌子には今や学問という生きるための支えがある。学べば学ぶほど新たな知識への渇望が湧き上がり、祖父や父の蔵書を片っ端から読破した。四書五経や二十四孝の詩などの漢籍はもとより、侠客伝や水滸伝、太平記、滝沢馬琴なども手当たり次第に乱読し、知識の幅を広げ、深さを増した。歌だけでなく、漢詩作りも得意の分野で、時間が経つのを忘れさせた。

もちろんこれより以前、父の蟄居が解けて自由だった時には、砂漠で渇いた喉が泉の水にめぐり合ったような歓喜を全身にみなぎらせ、父から教えを乞うたのは述べるまでもない。

へんぴな山奥の城で、小さな器の中でいがみ合い、先を見る目を曇らせている岩村藩であるが、しかしそこを一歩外に出ると、そんな彼らをあざ笑うかのように歴史は目まぐるしく動いていた。鉞蔵が幽閉されてすぐの四月、江戸城の明け渡しが行われ、五月には会津討伐軍が進軍した。頑強に抵抗していた会津藩も、遂に九月二十三日、藩主松平容保が降伏し、城外にある妙国寺に謹慎の身となった。

この頃にはさしもの岩村藩も不服を胸の奥にしまい、これまでの頑強な佐幕から、まずは官軍の錦旗《きんき》に帰順しようということに決まって、江戸詰め藩士の大部分は会津戦争に参加したのだった。

こうして多事だった戊辰《ぼしん》の一年が暮れ、明治二年（一八六九）となった。その一月下旬、四大藩である薩長土肥が率先して藩籍を奉還したので、他の各藩もみなこれに従った。そして六月、諸藩主二百六十二名を全員、藩知事に任命。ところが彼ら殿様は江戸から遠く離れたそれぞれの国に、名を単に「知事様」に変えただけで住み続け、家来の武士たちも封建的な主従の意識で仕えたままである。

これではいけないと、新政府は次々と制度をこしらえ、王政復古の大号令以来、実に三年七ヵ月後の明治四年になって、ようやく廃藩置県を実現した。これで武家の華族が残らず東京に居住するようになったのだった。それまで諸藩ごとにばらばらにそれぞれが自分の国だと思っていた日本人の分断された意識が、これにより日本という一つの国家の下に統一され、日本国家というものが誕生したのである。

もうこうなった以上、佐幕だの程・朱子学派だのと叫んでも意味がない。世の中は変わったのだ。どんな愚か者でも、一日錦旗に背けば、一日損をしたという単純な事実に気がついた。

遅ればせながらも、意識の鈍かった岩村城下にも夜明けが訪れた。廃藩置県直前の明治三年、歌子が十七歳の時に父鍒蔵が幽門から解放されたのである。ようやくにして自由の身となった。数えてみれば、もう五十四歳の老人だ。前回と合わせ、通算十年余りの蟄居幽閉は身体をボロボロにした。だが精神は老いてはいない。いまだ若く、純粋で、真っ赤に溶けた鉄のように熱くたぎっている。

「これでようやく天皇を中心に日本国民が結束できる」

そう思うと、感無量である。十年の空白は一気に吹き飛んだ。妻と歌子は歓喜の興奮で声を上ずらせながらも、さっそく東京にいる琴台に知らせようと、手紙を書きにかかった。

その勤皇学者の琴台だが、これより少し前の同年九月、十八年に及ぶ越後高田への流罪《るざい》から赦免され、生まれ故郷の東京へ戻っている。たまたまその三ヵ月前の六月、新政府は神道《しんとう》布教のため、「神祇官《じんぎかん》附属宣教師」養成の制度を布《し》いた。宣教師は全国から募《つの》ることにし、大大名からは三名、中大名からは二名、小大名からは一名というふうに割り当てられ、学識と人格の両方に優れた者という条件が付いた。

琴台は東京に戻ると、直ちにこの「宣教師少博士」の官位を与えられて、現役として現場の第一線に出た。もう七十五歳の老翁になるが、たとえ残り少ない生涯であっても、国家、つまりその中心に御座《おわ》せられる天皇に捧げる意気は軒高で、その強さは息子の鍒蔵に勝るとも劣らない。

「おう、鍒蔵も戻ったか」

琴台は鍒蔵の幽閉が解けたのを知ると、思わず目に涙があふれ出、手紙を持つ手を激しく震わせた。再婚していた妻や家族らの前で、泣き笑いのような顔になって、自分の赦免《しゃめん》の時以上の喜びを表した。

さっそく息子の就職先について、神祇官関係の方面に働きかけた。ちょうどタイミングよく岩村藩でも、戻ってきた鍒蔵にふさわしい職位として神祇官を考えていたところであった。話はトントン拍子に進み、官吏にあたる「宣教師吏生」の職が用意された。

鍒蔵がその職位を感激の思いで受けたのは述べるまでもない。しかし、勤務地は東京である。病身であることも忘れ、というより気持ちの方が病に打ち勝って、燃える心で、母と妻、歌子、そして長男の鍗蔵を国元に残して単身、上京した。さすがに長い閉門のあとでもあり、体は弱っている。妻の助言を入れて、家来一人と若侍一人を供にし、格式通り槍を持たせてはるばる上っていった。そして東京に着くと、鍛冶橋門の内側にある岩村藩上屋敷に旅装を解いた。

6　青雲の大志に燃えて

日々の勉学は実に楽しく、充実感を満喫している歌子であるが、その一方、机上の学問だけで終わりそうな人生が不満でならない。心の中に広がってくる虚しさと焦りには、ほとほと閉口した。

もう十八歳だ。明治も四年となった今、世の中は大きく変わり、数ヵ月後には廃藩置県が行われようとしている。大名と公家は廃止され、これからは華族と呼ばれるようになる。武士身分も士族と変わり、百姓や町人にも苗字が認められるという。四民平等の時代がすぐそこに来た。飛脚に代わって、郵便制度というものが導入されるというではないか。刻一刻と国の何もかもが姿を変えていく。国のかたちが変わっていく。こんな激動の時代に、自分は隔絶された恵那郡岩村の山奥に引っ込んで、何ヵ月か遅れの情報を心待ちにするしか能がない。

――早く、一日も早く、東京へ出たいものだ。

自分も日本の国造りの一端に参加したいと、小さな胸でそればかりを考えている。その舞台は東京だ。そこにはそれを可能にする大きな夢が満ちている。女の身で何が出来るのかと笑われても、いい。やってみなければ分からないではないか。このままぐずぐずしていたら、確実に時期を逸してしまうだろう。毎日毎日が取り返しのつかない人生の大浪費をしているように思えた。

「今日も来なかった……」

と、気落ちした声で半ば自分に、そして半ば母の貞子に言った。東京にいる父からの飛脚便である。

「大丈夫。きっと迎えのお手紙が来ますよ」

「もう半年ですよ、母上。待てそうにありません。一人ででも行きたく思います」

「うら若い娘の身で、何を無茶なことを言うのですか。何も自分一人だけ急ぐこともないでしょう。行くなら、みんな一緒です」

そんなやり取りが母、祖母、そして弟らを相手に繰り返された。

そこへ東京から心配な情報が舞い込んだ。祖父琴台が前年に出版した「聖世紹胤録」が突然発禁処分になったというのだ。同じ神道の中で、復古神道の古道学を唱える平田派（本居宣長の書を読んだ平田篤胤が唱えた派）が琴台の著書に非難の声を上げ、新政府によって発禁に処されたのだった。祖父の宣教使少博士という職にも何らかの悪影響があるかもしれない。そうなると、父鍒蔵の立場も危うくなる可能性がある。ただでさえ貧しい今の生活が、いっそうの困窮に追いやられそうだ。

歌子は焦った。このままでは一生、東京へ行く機会は訪れないのではないか。こんな山奥で埋もれてしまうなんて考えたくもない。死んでも死にきれない思いだ。もはや我慢がなら

ぬ。改めて母と祖母に懇願したところ、

「そこまで言うのなら……」

と、遂に上京に賛同してくれたのだった。

やはり二人も歌子と同様、今を逃《のが》したらますます行けなくなると判断したらしい。歌子の変わらぬ熱意を前にし、根負けしたというより、むしろ意思の強さを確認できた安堵感を顔ににじませていた。歌子の上京に一家のすべてを任せようという悲壮感すら感じさせた。


明治四年四月八日、この日は晴天である。歌子は夢にまで見て憧れた東路の旅に出た。清澄な空気がみなぎる朝早く、家族の見送りをあとにして、天に突き抜けるような深い青空を仰ぎ仰ぎ、草鞋《わらじ》の歩を進めた。扮装《いでたち》はといえば、髪を銀杏返しに結い、藤色をした縞物の縮《ちり》緬《めん》の着物、それに頭には菅笠《すげがさ》、足は脚絆《きゃはん》を付けて草鞋《わらじ》ばきである。

同行者は二人。一人は高智文蔵という元気な老人だ。曽祖父の他山翁と父鉌蔵に、八歳の時から五十余年も仕えた忠義者である。もう一人は文蔵の娘で、鉄女という二十歳前後の足達者な女であった。長い道中、何が起こるか分からない。追いはぎや盗賊、強盗など、一寸の油断も許されぬ。命に代えても歌子を無事東京へお連れする覚悟で、親子の胸は張り裂けんばかりの脈を打っていた。

家族と別れるにのぞみ、歌子は一首詠んだ。

「仮初のわかれながらも夏草のはずえ露けき道の空かな」

山道の両側から覆ってくる青い草の葉先に、朝露が光っている。家族との一時的な別れであるが、いざ、もうこの露を踏むことはないのだと思うと、急に寂しさが込み上げた。歩くにつれ、思い出深い景色の数々がゆっくりと後ろの方へ遠ざかり、自分の中から一つ二つと過去が消えていく感じがした。

だがその喪失の感傷は、東京で待っている未来の冒険を思うとき、むしろ喜ばしいことではないかと考え直した。心を新たにして、ゼロから出発する思いで見えない可能性に挑戦しよう。不安は大きいが、それが大きければ大きいほど、目標も高いし、自分も成長できる。今の世のなか、女であることの社会的不利は想像を超えるものがあるだろう。しかしそのことは考えまい。生物的に男に変わることが出来ない以上、ひたすら一所懸命に頑張るということ以外に勝算はない。

その頑張るという点に関しては、歌子には自信があった。先ずは学問という分野で、人並み以上に頑張ってきたという自負がある。新天地ではこの頑張りを武器に、今まで以上に学問に打ち込みたいものだ。あとは世の中の動きであろう。日本のみならず世界の動静も知らねば、人より抜きん出ることは不可能である。立身出世というと、女だてらにと笑われるだろうが、成功せずんば二度とこの故郷に足を踏み入れまいと、心に誓った。

さて歌子がこのとき抱いた立身出世という野心だが、「錦を飾る」とか、「末は博士か大臣か」とか言われたように、当時、意気ある男子なら誰もが夢見た社会共通の願望であった。「野心」という言葉の響きは「身の程知らず」というふうな意味を連想させるが、これはちょうど、時代がはるか下った昭和の高度成長期に、大学卒業生の誰もが一流大企業に就職を望んだ「野心」と同じようなレベルの意識であったと解してよい。歌子はふつふつとたぎるこの野心を胸に、打ち続く山道をひたすら歩き続けた。

しかしその間も詩心を忘れていない。山田という集落に来たとき、卯《う》の花が咲き乱れるのを見て、しばらく立ち止まった。ここでまた一首、手持ちの筆で書きとめる。

「足引きの山田のくろの卯の花を衣に重ねて今日やたたまし」

やがて、とある沼の汀《みぎわ》（水際《みずぎわ》）まで来た。つつじはそろそろ終わり、杜若《かきつばた》が咲き出している。藤の花も満開で、杜若と同様、鮮やかな「ゆかりの色」（紫色）を競っている。

「かきつばたにほふ汀に藤の花同じゆかりの色にさきけり」

再び山路の上りにかかった。弾む息をそのままに、水筒の水を口に含んで一息ついた。すると、鬱蒼と茂った木々のあいだから、甲高い、澄んだ杜宇《ほととぎす》の鳴き声が洩《も》れてきた。

「あしびきの山杜宇我ばかり聞けば初音ものも憂かりけり」

と詠んだ。さらに歩くうち、谷の入り口の方で杜宇と鶯《うぐいす》が鳴き合っているのが聞こえ、思わずそちらを見やった。

「鶯の鳴きて帰りし谷の戸をなのりて出づるほととぎすかな」

足がかなり疲れた。その足を突き出し突き出しして、卯つぎ原にさしかかったころ、風が出てきた。少し肌寒い。

「夕されば我が袖寒し卯つぎ原雪の中道行く心地して」

山間《やまあい》の日暮れは早い。大小の山並みのシルエットが、暮れゆく弱い光の中に素朴な自己主張をしている。その夜は柿野村の旅籠《はたご》中屋に宿泊した。寝床に入ると、よほど疲れていたのか、すぐに眠りについた。

翌朝九日も好天である。あれほどぐっすり眠ったのに、足の芯に固い棒が詰まったようにくたびれて、どうも前へ進むのが億劫でならない。すぐ息も切れた。長年にわたり、生活苦で栄養のある食べ物から遠ざかっていたので、体力が衰えてしまったのか。

上り下りの岐路がまだまだ続く。文蔵の勧めで山駕籠に乗ることにした。だが揺れがきつく、しっかり吊りヒモをつかんでいるのだが、上体が前後左右にひっきりなしに揺れる。一里（約三・九キロ）も行かないうちに頭痛がしてき、胸が悪くなって吐き気まで催した。こうなれば仕方がない。無理を言って駕籠から降ろしてもらい、手荷物だけを駕籠に残して、また歩くことにした。上り坂に来ると、鉄女が手をつなぎ、引っ張ってくれるので助かる。

ブナやミズナラの樹林帯を過ぎ、やっとのことで、三国山の頂上に着いた。前方遠くには日に照らされた緑一色の濃尾平野が果てしなく広がっている。歌子はそれを一望しながら、少しの不安と、しかしそれを遥かに超える希望を逸《はや》る胸に交錯させた。東にあたる左の方角に目をやり、そのずっと先にあるはずの箱根山、そして東京の方を見ようとしたが、山また山が幾重にも連なり、あまりにも遠い。場所だけを想像し、再び草鞋の足先に力を込めた。

――今、自分はこの山を越えたけれど、再びここを通ることがあるのだろうか。

ふとそんなことを自問した。しかし答えは自明である。自らに言い聞かせるように、その心境を次の一首に託して書きとめた。

「綾錦《あやにしき》着てかえらずば三国山またふたたびは越えじとぞ思ふ」

歌子の固い決意と心意気が伝わってくるようである。

足を引きずるようにし、鉄女に手を引っ張ってもらい、時には駕籠に乗り、こうしてどうにか三国山越えを終えた。あとは単純な行程だ。林のかたまりを幾つか過ぎ、手入れの行き届いた畑と、田植えを前にした幾十幾百もの田んぼのあいだを、てくてくと歩いていく。だがいくら行っても、進んでいないような気がして仕方がない。何と遅い足だろう。何度も何度も後を振り返ってみるのだが、三国山の頂がまだ真後ろに見えるようである。

「行けど行けどそがひに見えつ三国山ひとつ所をふむ心地して」

そがひというのは後方という意味である。

日が落ちるころ、母房子の生家がある三河国「挙母《ころも》の里」に着いた。まだ弱い明かりが残っているのに、あたりは深々《しんしん》と冷え、ひどく寒いところである。単衣《ひとえぎぬ》（裏の付いていない着物）を二つ重ねても、まだ寒い。夜に入って、母方の祖母君や叔父君らが宿屋へ訪ねてこられ、大いに歓談した。

この地で四、五日過ごし、疲れを癒した。この間に生家を訪れた。生け垣に囲まれた広大な屋敷である。感謝しようがないほどの歓待を受けた。もうすっかり味を忘れてしまった伊勢海老や鯛の刺身が供され、女子《おなご》であることも忘れて驚くほどの健啖ぶりを発揮した。

「この魚は滋養がありますぞ。さあさあ、もっと召し上がれ」

温かい言葉を歌子は遠慮なく受け入れた。広い屋敷にしては手入れが行き届いておらず、調度品などからしても、それほど裕福とは思えない。それなのに貧相な自分の体を見て、これだけの膳を整えてくれたのだ。その気持ちが有難い。

「ゆっくりしていきなされ」

という言葉に甘え、しばらく留《とど》まって体力を養おうと考えた。数日急いだところで何になろう。祖父や父に病弱な顔を見せることほど親不孝なことはない。それに、東京へ着けば一切の甘えは許されないのだからと、腹を据えた。

十三日に岡崎に入り、ここも含めて合計四、五日間、人と会ったりしながら、ぶらぶらとのんびり過ごした。そして翌十四日、体もすっかり回復し、皆に感謝の言葉を残して岡崎を立った。

天気はいい。青い空にはガーゼのように薄っすらと霞がたなびき、大地の緑は目にさわやかさを運んでくれる。天地はいかにものどかで、変化とは無縁の悠久の時間が流れている。国の骨格が刻一刻と変わっている現実が、まるで別世界の出来事のように思えた。

途中、藤川の里を通った。見渡す限り一面に、紫色に染まった衣《きぬ》が掛けられ、遥か先まで連なっている。ここでまた一首、ひねった。

「染めたるはたが衣ならむ紫のゆかしき藤川の里」

御油《ごゆ》のあたりにかかった。実に広大な土地だ。麦の穂がいっせいに吹き出て、菅笠《すげがさ》をかぶった賦役《ふえき》の男たちの姿があちこちに見える。

「大麦の穂なみかたよせ吹く風に一むらなびく賦が菅笠」

この夜は豊橋にある桝屋に宿った。

十五日。朝、出発。薄曇りだが、もう日は高く出ている。歩くうち、地元の百姓から吉田と二川のあいだに岩屋の観世音があると聞いた。少し回り道になってしまうけれど、せっかくここまで来たからには寄っていこうと、思いきって高嶺《たかね》まで登る。

「御仏の道はしらねどしほみ坂われも高ねに引かれきにけり」

その後、お握りの昼食をとったあと、またしばらく歩いた。荒井の海が見え、近づいてみた。波が大変静かである。

「遠つ近江荒井の浜は近けれど浪のひびきは聞こえざりけり」

しかし、いざ荒井の渡しを越えてみると、手前の淵は穏やかだが、沖の方は大変波が高かった。そうこうするうち舞坂を過ぎ、ようやく浜松にたどり着いた。真昼の頃は暑かったけれど、今はそよそよと風が吹き、非常に心地がよい。

「立ちよれば袂にかよふうら風も秋の声する浜松の里」

十六日、曇り。旅は順調である。浜松を立ち、見付を過ぎて袋井まで来た。ここからは車に乗ったので、大変早い。

「小石原きしる車のいち早くそがひに成りぬ袋井の里」

掛川を行くうち、をかしき（趣のある）雲のたたずまいを見て感動。

「越えぬべきさよの中山如何ならん雲こそかかれかけ川の里」

日坂《にっさか》の宿に着いた。膝がじんじんと鳴りそうなほど、疲れがたまっている。夜、鉄女が親切にも時間をかけて足を按摩してくれた。疲れがすうっと抜け出るような気がし、心地よかった。


十七日、朝出発。雨が降り出す。

「行く先は猶いかならんうき雲の高ねにまよふさよの中山」

前方には深い霧が立ち込め、道が見えなくなった。

「東路のさよの中山なかばきてたどりぞかぬる霧の中道」

雨はますます激しくなる。

「さしてゆくをがさかたぶけふる雨のしのをこそつけさよの中山」

大井川、矢口の橋を渡った。藤枝と岡部のあいだにある横打という所は、故郷の恵那郡岩村の知行所（主君が家臣に与えた所領）であった。その関係で今でもゆかりの人たちが大勢住んでいる。


彼らに会ってみた。すると、思いがけないことを教えてくれた。かつてここに自分の曽祖父が住んでいて、村人がその徳を慕って祠《ほこら》をたてたという。詣《もう》でてみないかと誘われて行ってみると、巨大な榎《えのき》（落葉高木）のもとに小さな祠があった。その人の名は聞いていても、顔を見たことがない。それが知らない昔をいっそう懐かしく思わせた。捧げ物などしてしばらく拝んだ。

十八日、曇り。湿度が高いせいか、しきりに喉が渇く。岡部、宇津《うつ》の山を過ぎた。ここは昔、伊勢物語の在五中将（在原業平）の、

「駿河なる宇津の山べの現《うつつ》にも夢にも人にあはぬなりけり」（駿河にある宇津の山近くにやってきたけれど、山の名のように、現実でも夢の中でも、都にいるあなたに会わないことだなあ）

と詠われたのだが、もうそれは昔のことだ。今ではすっかり開発されて、行き交う人も多く、思わずこの歌を詠んだ。

「古し世の跡もとどめず高ねまで大路開けぬつたの細道」

駕籠にも少し慣れてきた。文蔵の勧めで、今日は駕籠を頼りにしようと決めている。眠っては覚め、眠っては覚めしながら前へ進んだ。

「するがなるうつの山路のうつつをばゆめにも知らで我は越えけり」

まりこの里に着いた。この里に「こてまり」と呼ばれる真っ白な小花が咲き始めている。

「数ふればまりこの里にこてまりの花二つ三つ咲き初めにけり」

駕籠はどんどん進み、駿河の国府に到った。なお先へ進むうち、前方に三保の松原が見えてきた。

「天乙女衣かけけんふるごとも今なほ残る三保の松原」

松原には濃い霧が立ち込め、ところどころ、ほのかに松が見え隠れしている。何と感動的な景色だろう。たて続けに歌が浮かんだ。

「立ち渡る雲と霧との中空にほのぼの見ゆる三保の松原」

「八百日行く浜の真砂路跡とめてふたたび開く千代の古道」

「限りなき沖つ海原こぎつれて空に消えゆくあまのつり舟」

「もしほ草まじる真玉はなけれども都のつとにあつめてぞ行く」

この夜は由井の浜辺に宿泊した。波の音は大変高かったけれど、ひどく疲れていたので、ぐっすり眠れた。

十九日。雨、降る。

「下紐をゆるの浜風なみの音もしらで長閑に結ぶゆめかな」

蒲原を過ぎて、吉原、原にかかった。もし天気がよければ富士山を一望できる絶景の地と聞いているのだが、雨ばかり降り続いて、どうにもならない。仕方なくそちらの方角を見ながら、代わりに葛飾北斎の富獄三十六景をまぶたに思い浮かべた。ぜひとも富士山を見たいと念願していたのに、残念至極である。

「富士のねも田子の浦辺もしら雲にかさなる物はうらみなりけり」

空を曇らし暗がりにしてしまった雨雲が恨めしく、ぶつぶつつぶやきながら歩いていくと、前方にほんの少し霧のかかった晴れ間が見えた。地元の人に指さしながらその方向を尋ねると、浮島が原だという答えが返ってきた。

「宿るべきみしまも見えずかきくらす雲のもなかにうき島が原」

三島に泊まった。魚料理がおいしかったのがせめてもの慰めだ。夜中じゅう、なお激しい雨が降り続く。

二十日。この日も雨はやまない。三島を立って、ようやく難関の箱根山を越えた。雨はますます激しく地面に打ちつけ、駕籠に乗って、行く手を蔦《つた》や蔓《つる》に絡まれながら黙々と行く。また高い峰にさしかかった。ひどく駕籠に揺られたためか、気分が悪い。どうも酔ったようだ。駕籠から降りて、鉄女に助けられながら歩を進めた。頭上の編み笠からそれた無数の雨粒が、容赦なく頬を打つ。荒い息の合間に、何度もため息が出た。

とても歌を詠んだり日記を書く気にならず、歌子の紀行はここで終わった。こうして四月二十二日、大きな事故もなく無事、東京に着き、二週間余りにわたる東路の旅の幕を閉じた。

東京の雨はもうやんでいて、日に照らされた淡い水蒸気のもやが所どころ空中に白くたなびき、ここ数日続いた大雨の最後の名残をとどめているようだ。桜はすでに散っているが、その花跡に大小の若葉が元気よく顔をのぞかせている。

皇居近くのお濠端に目をやると、柳並木が緑にまばゆく烟《けむ》り、その清潔で整然とした、落ち着いた自然の美しさは、さすが東京なのかと思いを新たにした。同じ自然でも木々から葉、花に至るまで、大都会がもつ動的な力強さが伝播しているようで、生き生きとして活気があふれている。古里恵那の大自然は美しさでは東京をしのいでいるけれど、それは古い過去の美しさを純粋な形で温存するという、伝統にしばられた静的な美しさであろうと思った。

だがここには、建物も樹木も群衆も空気でさえも、何もかもに変化を求める躍動がある。危険や破滅と紙一重の冒険と、そしてその結果としてのとてつもない可能性が、手の届きそうなところに浮遊している。そこかしこに、何かの予想に緊張する張りつめた空気がひしめいているのだ。

——これが東京なのか。

歌子は感慨無量であった。来た甲斐があるというものだ。思わず目に涙がにじみ出た。逸《はや》る気持ちというのか、未知の世界に対して挑戦する大胆さというのか、それへの励ましの涙かもしれないと思いながら、夢想と楽観が一人歩きするのを心地よく放置した。それほど希望が胸を圧したということだろう。

鍛冶橋内の松平侯岩村藩上屋敷にある御《お》長屋で、父娘は半年ぶりに対面した。御長屋というのは、町人が住んでいる、何軒もの家が連続している長屋のイメージとはまったく異なる。大名の屋敷内に、家臣の武士たちが住む住宅が幾軒もあり、これを御長屋と呼んだ。父の鉎蔵は一緒に上京してきた若党二人とここで生活をしていた。歌子の勉強好きを知っている鉎蔵は、

「二階全部を使うがよい」

と言って、歌子一人で占領することになった。

7　夜明け前

上京した日の夜、歌子は遅くまで父と話し込み、気にかかっていた心配事が晴れて安堵した。祖父琴台のことだ。発禁処分で何かお咎めがあるかもしれないと恐れていたが、どうやら杞憂であったらしい。疲れはいっぺんに吹き飛んだ。さっそくそのことも含め、安着の手紙を母あてに書いた。

翌朝早く、どこからか聞こえてくる小鳥のすがすがしい鳴き声で目が覚めた。短い時間だが、熟睡した。気分は爽快である。朝食の膳は食べ慣れた岩村時代と変わらない質素さで、生活ぶりがうかがえたが、悲しむどころか、なぜかホッとした。食後、玄関のところで正座し、畳に両手をついて、出かける父を見送った。

――さて、どうするか……。

二階に上り、一人になって、歌子は思案した。先ず窓をあけた。ひんやりと澄んだ空気が流れ込んできた。思い切り胸に吸い込んだ。やりたいことは山ほどあるが、そのどれもが雲をつかむような願望ばかりである。まったくアテはない。それならばと、父の書庫から数冊の本を引っ張り出してきた。そのうちの一冊、春秋左氏伝を手にとると、机を前に朗読し始めた。

春秋左氏伝は別名、「左伝」とか「左氏伝」とも呼ばれる中国の難解な歴史書である。孔子（紀元前五五二〜紀元前四七九の思想家。儒家の始祖）が編集したと伝えられる歴史書「春秋」の代表的な中国語の注釈書だ。注釈書の作者は明確ではないが、紀元前七百年頃から二百五十年間ほどの歴史が書かれていて、とりわけ当時の戦争についての記述は詳細にわたっている。

何日かに分けて朝一番でこれを朗読し、それが終わると、次は漢詩や和歌、源氏物語などを片っ端から黙読した。

鍛冶橋内は広い。たまたま歌子が住む松平侯旧藩邸のちょうど筋向いに、大納言、徳大寺実則《さねつね》の屋敷があった。徳大寺は公卿華族中の名門だ。宮内卿を始め、明治天皇の侍従長や内大臣、華族局長官などの要職を歴任し、公爵に列せられた人物である。次弟に元老の元総理大臣西園寺公望、そして末弟には大阪の大富豪である住友財閥の住友吉左衛門がいた。

まだ三十歳過ぎの若い徳大寺は毎朝この屋敷から、きちんとした衣冠をつけ、馬に乗って宮中へ通っていた。そんな或る日の早朝、乗馬姿で御長屋を出ようとしたとき、何やら若い女の声が耳に響いた。

——はて？

と、声のする方を見上げると、前にある松平侯の御長屋から発してくるではないか。どうも二階のあたりらしい。徳大寺は馬を止め、やや背を伸ばし加減に、二重瞼のぎょろ目でいぶかしげに見やった。耳をそばだて、聞いて驚いた。何と左氏伝の文章ではないか。あの難解な左氏伝を朗読している。しかも女である。徳大寺は側にいる供の者に尋ねた。

「いったいあの女人《にょにん》は何者であるぞ」

「はあ、よく存じは致しませぬが、あれは確か、松平侯は平尾銶蔵殿の御長屋でございます」

「よくもすらすらと読めたものよ」

このとき徳大寺は感心したというよりも、風変わりな女がいるものだという印象を受けた。それからも毎朝この時間、朗読を耳にしながら御長屋の前を通り過ぎるのであった。もとよりそれが平尾銶蔵の娘歌子であることなど知るよしもない。

ところが運命の神というのは何事をも見通しているのだろうか。それから徳大寺は五ヵ月も経たないうちに宮内卿となり、また歌子も一年半後に一女官として同じ宮中へ奉仕する。もちろん位階の点では比べものにならないが、共に明治天皇と皇后陛下のお側に仕え、互いに公私にわたり交渉や相談をする間柄になる。当初、歌子の進路としては三百六十度のあらゆる選択肢があったのに、徳大寺がいる皇室という一点に収斂《しゅうれん》したのはどうしてか。奇縁という一語で片づけるにはあまりにも不思議な力の存在を感じざるを得ない。


冬がきた。岩村での生活はいっそう苦しいものとなり、祖母貞子、母房子、弟鍗蔵の三人が、残った家屋や家財道具をいっさい売り払って上京してきた。

一家そろってしばらく御長屋に住んでいたが、いつまでも藩侯に甘えるわけにもいかない。そこで麹町平河町の周辺に古家を借りた。銶蔵が故郷を出てからほぼ一年ぶりで、一家水入らずの家を構えたのだった。

ところが悪いことに、その直後、祖父琴台の著書の問題から、琴台と鍒蔵は士官の職を一時的ではあるが引責辞任させられた。琴台は再婚して家族もおり、所帯は別で、そこそこ貯えはあるけれど、鍒蔵一家はたちまち困窮した。

しかしいくら経済的に困ったからといっても、食わんがためにあくせくするなどもっての他だ。恥ずかしいことだと鍒蔵は考えた。没落した世間の士族と同様、「武士は食わねど高楊枝」の気風を横溢させている。

妻の房子は前向きの気丈な女だ。貧乏生活には慣れている。とはいえ物価の高い東京では岩村時代のように倹約一本ではいかないところがある。夫に内証でわずかながらも琴台から融通を図ってもらってやり繰りした。

歌子は苦悩した。そんな家計を見て、何とか手助け出来ないかと胸を痛めた。或る日、内職をしたいと、それとなく母に相談を持ちかけた。

「それはなりませぬ。お父上が許されるとお思いか。ましてやあなたは嫁入り前の娘なのですよ」

由緒ある家の婦人なら、日がな一日深窓に身を置き、料理裁縫などの家事にいそしむ一方、心身の練磨と修養に励むことを求められる。可能な限り、戸外の風に当たらないのを誇りとした。歌子も例外ではない。

――内職がだめなら……。

と思案をめぐらすうち、ふと一計を思いついた。近所にそこそこ流行《はや》っている凧店《たこ》がある。そこへ通いで手伝いに行けないものか。絵心もないではない。いや、大いにあるだろう。東京へ来てから、湯島の絵師、河野栄斎先生のところへ何度か絵を習いに行ったことがある。そこでは錦絵版画の模写を学んだ。

その気になれば、出来そうだ。さっそく凧店へ行き、主人に頼み込んだ。武家の娘ということもあり、面倒が起こらないかと渋っていた主人だが、歌子の熱意にほだされた。

「じゃあ、この凧の上絵をちょっと描いてみなされ」

そう言って、試しに歌子に描かせてみると、意外と器用で上手である。筆さばきが堂に入っている。歌子の家計事情を察していた主人は、「この給金でよければ……」と言って、その場で採用を約した。

歌子は父が不在の昼間、こまめに凧店へ足を運んだ。給料日が来ると、わずかな賃金ながらも家計の足しに母へ渡した。母は有難いような、申し訳ないような複雑な気持ちだった。だが、「どうせダメだと言っても、この子は諦めないだろう」と思うと、少し気が楽になった。

歌子は仕事をすることで張りが出来た。凧店以外にも、別の店で、横浜の外人貿易会に出荷する団扇《うちわ》や扇子に花鳥画を描いて賃銭を得た。ささやかながらも家計に貢献しているという意識は、ひそかな喜びを生むと共に、生きていくことへの自信としぶとさを植えつけることとなり、勉強にもいい影響を与えた。

時間管理に厳しくなったぶん、格段に集中力がついた。仕事の合間合間だけでなく、帰宅してから、毎夜遅くまで手当たり次第に本を読んだ。父の蔵書は脳の滋養であり、成功という夢に向け、一歩一歩近づけてくれているような幸福な予感に包まれた。

祖母の貞子と鍒蔵は、一寸の時間さえも惜しいというふうに勉学に励む歌子を見て、心配した。

「そんなにも本が好きなのか。困ったものだ。今に目が悪くなったら、どうする?」

と繰り返し注意し、翻意を促した。

「年頃の女子《おなご》なら女子らしゅう、もう少し化粧や簪《かんざし》や着物など、身の回りのことに気を配ったらどうなのかね」

だが歌子にはそんな気は毛頭なかった。読書のないところに自分の生活はないと確信している。「綾錦着てかえらずば三国山……」の決意は片時も忘れていない。自分は高貴の生まれでもないし、金持ちでもない。今の環境下では、かろうじて勉学だけが成功につなげてくれる一本の導火線なのだ。そう冷静に分析し、心に言い聞かせるのだった。

歌子にとって、祖父の東條琴台はこの上なく誇らしい「自慢のお爺さま」であった。一刻も早くお爺さまに会い、直接学問の指導を仰ぎたいと願っていた。ところが祖父には家族が多く、その長子とうまくいっていないと聞く。そんなこともあって、琴台は実家のある上野池の端、高田藩主榊原侯の旧藩邸にはほとんど留《とど》まらなかった。

歌子は訪問のタイミングを見ていたが、或る日、ようやく祖父の許可が出て、身の回り品を風呂敷二つに包んで池の端へ赴いた。住み込んで親しく教導を受けたいと思っている。そのことはあらかじめ手紙で依頼してあり、胸は期待で弾みに弾んでいる。幸い父鉌蔵も先ごろ復職を果たし、家計はやや落ち着きを取り戻していた。

琴台はすでに七十七歳の老人であったが、赤ら顔で耳たぶが長く垂れ、鼻筋が通り、六尺ゆたか（百八十センチ越え）の偉丈夫だ。初対面の歌子はその外見に圧倒された。年老いたとはいえ、まるで剣を扱う武人の風格である。だが白目がちの鋭い眼光には、武人というより、学問に対するひたむきな熱情と、それを支える自説を曲げない不屈の意思が凝縮されている。

容易に人を近づけないその威容さに、最初歌子は怯《おび》えに似た戸惑いを覚え、緊張で声が震えた。が同じ血が流れているのだということに気付いたとき、思い切り甘えてみたいという解放された気持ちがどっと内部で溢れ出た。

琴台は琴台で、初めて見た孫娘を前にし、岩村での万感の思いが一気に押し寄せた。涙が出そうになった。越後高田にいた時に孫娘誕生の知らせに接したが、以後、たまに届く便りで成長の様子を聞いてはいる。神童のほまれを欲しいままにし、漢学、国学、詩作に秀でた才女だというのも知っている。

だがいざこの目で顔かたちを見、この耳で生の声を聞いたとき、そんな才能を頭から否定したくなった。才能がないからというのではない。むしろ、あるからこそ否定したいのだ。

並み外れたこの才能は、きっと孫娘を不幸にするのではないかと、とっさにそんな不安が頭をかすめたからである。

琴台は正座した歌子に改めて向き直った。身内という贔屓《ひいき》の目を離れても、まばゆいばかりの美しさだ。計算しない無邪気な若さほど強いものはない。多少の粗野さはあっても、いや、粗野さがあるからこそ新鮮で、意図しないどんな仕草も、有無を言わさず爽やかな活気を放出せずにはおかない。東京広しといえども、この娘《こ》ほどの器量の持ち主はざらにはいまい。それに、風貌や態度、物腰、言語の明快さをつぶさに窺《うかが》ううち、いよいよ聞きしに優る才女だと確信した。しかし、これがいけないのだ。この「才女」が行く手をさえぎっている、と思った。

――やはりこの娘《こ》は学問の道に進むべきではない。

そう結論づけた。この世界は傍《はた》から見るほどきれいなものではないし、主義の異なる相手を問答無用で抹殺するのは日常茶飯事なのだ。自分もこれまでの人生を通じ、蟄居閉門、出版差し止めと、どれだけ苦渋をなめさせられてきたことか。同じ道を歩ませるには、孫娘はあまりにも美しすぎる。学問などはほどほどにして、早く身を固め、女らしく生きてほしい、と思った。

さりとて、長居覚悟で来ているのを帰すのも忍びないし、もっと一緒にいたいという気持ちも強く、結局、もうしばらくそのままいてもらうことにした。

そんなことは知らない歌子は、一日中、炊事に洗濯、風呂焚き、裁縫と、まるで田舎から出てきた雇われ奉公人のように懸命に働いた。朝夕は祖父の肩もみをし、いつ何時学問のことを訊かれてもいいようにと、心構えを整えている。

ところが祖父からはいっさいそんな話題が出てこない。学問のこと、読書のことなど、すっかり忘れてしまっているかの観がする。むしろあえてそれらを素通りするふうに、化粧やおしゃれ、身だしなみなど、女性としての日常の世間話に花が咲いた。

「今使っているその白粉《おしろい》、いったいどこの誰が作っているの？」

とか、

「上手だね、この裁縫。着心地は上々だ。さすが祖母が躾《しつ》けただけのことはある」

などと、空とぼけている。

それが一週間経ち、二週間経つうち、おぼろげながら歌子にも祖父の意図が読めてきた。

——どうやら自分には、見えない危うさがあるのかもしれない。

そのことに気がついた。学問学問と、そればかりがギラギラと前面に出過ぎているのではないか。学問さえあれば無敵だなどと、自惚《うぬぼ》れてはいまいか。賢明な祖父は間接的にそれを教えてくれているのかもしれない。

自分はたとえ逆立ちしても、女であることを変えることは不可能だ。天から与えられた宿命である。社会の競争で男に打ち勝つことの困難さは、知っているつもりであるが、実感としてとらえていない甘さがあるのだろう。祖父はそれを見抜いた。前方に横たわる落とし穴の大きさを心配し、学問などそこそこにして、嫁入りという幸福の花駕籠に乗ることを勧めているのではなかろうか。

歌子は祖父の深慮《しんりょ》に感謝した。感謝というのは、結婚するということではない。女として、この社会の荒波をどう生きていくべきか。進路を何に定めるべきか。その問題提起のきっかけを与えてくれたからである。

学問の世界もあれば、政治の世界、実業の世界もあるだろう。だが後の二つは今の自分にあまりにも無縁だし、興味はあっても、甚だ困難に思えた。では学問なのか。それは一番近い気もするけれど、どうやら祖父は反対を隠していない。

歌子は迷った。夜、寝床に入ると、そのことばかりを考えた。そして迷ったあげく、やはり自分は学問が好きだということにたどり着き、より強い意思でそれを再確認したのだった。いっそう勉学に励もうと決心した。

そんな歌子の才能の一端を思いがけない場面で披露する機会が訪れた。朝、歌子が廊下の拭き掃除をしているとき、あけた窓から見える林間で、つがいの小鳥がしきりに鳴いている。何だろうと雑巾を持つ手を止め、目を泳がせていると、木の上方に小さな巣が見えた。歌子はしばし眺めたあと、近くにあった紙と筆を手にとり、さもすらすらと七言絶句（中国の漢詩の詩体）を書きとめた。

ちょうどそこへ琴台が厠《かわや》から出てき、

「ほう、どれどれ」

と言って手にとり、口で読み上げた。そして、「うーむ」と唸《うな》ったきり、考え込んだのだ。

感嘆のあまり、愕然としたのが傍目《はため》にもわかる。その漢詩は正しく韻《いん》を踏み、平仄《ひょうそく》(声調の調和のために規定した平字と仄字の配列法)も見事に合っている。大して苦しみも推敲もせずにこれだけの詩作をする孫娘に、琴台は言葉を失った。

これが果たして、十八歳の田舎娘に出来ることなのだろうか。いや、出来るも出来ないもありはせぬ。今自分の眼前で、一息に書き上げたではないか。他の学問も、あとは推して知るべし、ということだろう。琴台はうれしいような、それでいていよいよ困ったことになるような、二つの感情のあいだを行き来した。

それからしばらくして歌子は祖父の家族との関係もあり、上野池の端を離れ、自宅へ帰った。

琴台はやはり孫娘の行く末が気になって仕方がない。念を押しておきたい気持ちが強くなった。病気で見にくくなった目も顧みず、どう行動すべきか連綿と訓戒の手紙をしたためて、買ってきた白粉と共に歌子へ送った。以下はその手紙内容の抄訳である。

「……詩作めっきりと上達致され候《そうろう》。この分にて出精致され候はば、ひとかどの名人にもなられ申すべく候へども、かねても申し候通り、女性はとかく女性らしきがよろしく候間、詩作はただ、古人の作の大体の意味、韻字、平仄の区別のわかる位にとどめて、まずは御身が詠歌、国文の助けとなすを目的とせられたく候。

このあいだ話しおき候白粉、昨日下町へ買物にまいり候ついで御座候まま、自身相とゝのえ申し候。これをお使いなされたく候。毎々お申し通り、御身が普通の女児の如く、衣服にも簪《かんざし》にも心をとゞめず、なりふりにもかまわず、一意専心、学問に凝り固まり候事、まことに感心の次第には候へども、女性は女性らしく、容姿風采、優雅美麗にして而《しこう》して、志操堅固に、あれども無きが如く、盈《み》つれども空しきが如くなるが宜《よろ》しといふ事を、くれぐれ忘れらるまじく候。いつ迄も、田舎娘のなりふりぎこちなく男児のやうにあらんは嫌《いと》はしき事にて候。婦容と申すこと、返す返すも心にとどめらるべく候。

また好学の余り、薄暮、燈火の点ずるをも待たず、薄明かりを追ひて読書せられ候が、あれは固く禁じらるべきにて候。我れも御身が父も眼病を患い候ゆえ、眼は最も大切に致さるべく候……」

さらに文面は延々と続く。孫娘の行く末を思う温かい気持ちがあふれているではないか。老い衰えた視力を励ましつつ、一文字一文字に心を込めて書き連ねていったのだろう。わざわざ下町へ行って白粉まで購入したところに、じっとしておられないほどの切なさに駆られていたのが目に浮かぶ。

ここで歌子は重要なことを学んだ。化粧である。後に宮中へ出仕することになるのだが、そのとき祖父の言いつけを守り、都会の娘がやるように化粧をほどこした。すると粗野に映った天性の美貌に一気に輝きが出、たちまち皆の注目を浴びた。

そして、乙女の時代を経て、成人し、歳を重ねるにつれ、ますます社会的な活動に拍車がかかっていくが、歌子の美しさも同様にいっそうの磨きがかかり、誰の目にもその美貌を印象づけずにはおかない。それは伊藤博文らの味方だけでなく、幸徳秋水らの敵方でさえもが等しく認めるところであった。そして、この美貌こそが歌子の運命を思いがけない方向へ翻《ほん》弄《ろう》していくことになる。

8　宮中出仕

明治五年（一八七二）は歌子の運命が大きく転換した年である。前年には廃藩置県や華族制度の創設があり、岩倉使節団が欧米から帰国して、国の発展策について活発な議論が湧き起こった。新政府の実力者西郷隆盛はその中心人物で、明治の新宮廷が不満でならない。早急な宮廷改革を模索していた。

「このままでは天皇を中心とする新生日本の将来が危ぶまれる」

そう危惧し、関係者に改革を説いて回った。だが反応が鈍い。苛立ちは募るばかりだ。天皇皇后両陛下のお側に仕える奥の公家たちが問題なのである。京都の御所時代にやっていた軟弱な公家様式をそのまま継承し、古い規則や慣例に精通した絶対的存在者として、時には陛下や政府以上の権限を握っていた。旧規則、慣例の尊重を名分に、明治天皇による外国公使への謁見にもしばしば反対した。

「これではどうもならぬわ」

実行力のある西郷はもう待てないと、有無を言わさず宮中の大刷新にとりかかった。まるで洪水のような勢いで根こそぎ旧制度を洗い流した。宮内省の官制を改めると共に、多くの旧官を強引に解雇する一方、女官の権勢を奪った。そして士族から剛直勇武の士を発掘し、天皇の侍従に任じた。若くてまだ経験の浅い天皇を、武断的な改革君主に導こうというのだ。女官も同様である。これまでのように公卿や諸侯などの貴族階級出身者だけから登用するのではなく、広く全国の由緒正しい藩士の女子から適任者を探し出した。

明治四年八月一日は女官にとって恐ろしい日となった。その日のうちに旧来の女官が全員免職となっている。こうして宮中に一気に新鮮な空気を注入したのだった。如何にも西郷らしい剛腕さではないか。

歌子は期せずしてこの流れに乗った。関係者たちが全国に適材を探すうち、歌子の存在を知り、白羽の矢を立てたのだ。歌子にとって誠に幸運な出会いというほかはない。

元々、岩村時代から歌子は父鍒蔵を通じ、和歌の第一人者八田知紀のことを聞いていて、彼が近くに旅で来たとき、父に無理を言って二、三度、訪ねたことがある。そんな経緯もあり、上京後、父に頼んですぐさま八田に弟子入りして、作歌の指導を乞うた。

八田は古今集を尊重し、和歌の文学性を主張する「桂園派」に属し、当時、宮内省の歌道御用掛として、皇后のお歌に接していた。また八田の高弟で維新の功労者である高崎正風《まさかぜ》や福羽美静《ふくばびせい》も新政府に出仕していて、彼らが声をそろえて、

「あの女《むすめ》ならば」

と、歌子の宮中入りを推挙したのだった。歌作のみならず、学問全般に対する造詣の深さと、それに何にも増して、祖父琴台、父鍒蔵のゆるぎない勤皇の精神を評価したのは述べるまでもない。この一家は皇室に対する崇敬の念は人一倍強く、そのために佐幕的な藩当局に

睨まれたが、それにも屈しない一途さに、心を打たれたという。なおこの高崎正風だが、彼は後に御歌所初代所長を務め、福羽美静と共に、年齢の差はあるが、歌子と長く交友を結ぶこととなる。

かくして明治五年十月十九日、歌子は初めて宮中に出仕し、恐る恐る社会への階段の第一歩を踏み出した。田舎から出てきて一年半後、十九歳の時である。そして以後、頭角を現していくのであるが、歌子発掘のきっかけとなった経緯に目をやるとき、それにつながる偶然の連続に不思議なものを感じざるを得ない。

先ず西郷の宮中刷新がある。もしこれが行われていなければ、或は遅れていれば、田舎の下級武士出の女などが宮廷女官になることなど、あり得なかった。実際、宮廷改革の二年余り後、西郷は征韓論政変で下野し、鹿児島へ帰っている。

そして歌子が好きな和歌を通じ、子供時代から、皇室に要職を占めることになる八田の知遇を得ていたことも、理屈では説明できない運命の力を感じざるを得ないのだ。この八田は何と歌子を推挙した翌年九月に他界した。もし八田がもう一年早く亡くなっていたら、歌子の宮中出仕はなかったであろう。こう見てくると、まるで歴史という絶対者が歌子の登場を暗黙のうちに地ならししていた、とでも思える筋書ではないか。

歌子が下付された辞令は「宮内省十五等出仕を命ず」であった。これは女官としては最下級であるが、歳もまだ十九という若輩であり、妥当なところだろう。女官の位としては上から見ると、高等官待遇の典侍《てんじ》、それから下へ権《ごん》典侍、掌侍《ないじ》、権掌侍、命婦《みょうぶ》、権命婦があり、さらにこの下に判任官待遇の女孺《にょじゅ》がいる。女孺の一番下が歌子の十五等だった。権《ごん》というのは副とか補佐という意味である。

役割については、典侍は女官長として女官全員の指揮監督にあたる。次の権典侍は天皇の寵を受けている側妾《そばめ》のことで、天皇の身の回りの世話をする。掌侍と権掌侍は皇后の身の回りの世話を担当し、お化粧や入浴、着替えなどに奉仕する。命婦と権命婦は原則として天皇皇后両陛下に直接話すことは出来ず、また御座所や御寝所に入ることも許されない。では女孺は何をするのかと言えば、御膳掛《がかり》、御服掛、御道具掛などの担当だ。女孺の下には雑仕《ぞうし》（女雇員）と、女官が使っている侍女や下女がいる。しかし彼らは女官ではない。このように全員の序列と役割が明確に定められていた。

宮中での生活は歌子にとって、いい意味でも悪い意味でも、驚きと発見の毎日だった。喧噪、猥雑、欲望、銭勘定、犯罪など、思い思いの事象が雑多に渦巻いている俗世間とは、まるで違う。そこには時間が永遠に流れているかのようなゆったりした「静」がある。その一方で、今まで新聞や写真でしか知らなかった政官界の重鎮たちが頻繁に出入りし、我こそ国のかたちを作らんと、意気あふれた「動」の空気を持ち込んでくる。その対比が歌子には興味深く、それがこれからの自分の行く末にどういう影響をもたらすのか、期待と不安を交錯させた。

天皇は二十一歳におなりだと聞く。自分とあまり変わらない。初めて天皇のお姿を遠くから見たとき、その凛々《りり》しさに、はしなくも胸を躍らせた。感情が甘酸っぱく泡立った。が同時にそんな自分を恥じ入る気持ちが押し寄せ、表情を周りの女官に気付かれはしないかと、すぐに仕事に戻った。頭の中で無意識のうちに源氏物語に出てくる光源氏と重ね合わせていた。光源氏の妻や愛人たちを瞼に浮かべ、それを自分の身に引き寄せさえした。

――何という大それた考えを抱いたのだ。

歌子は首を左右に振り振り、大いなる叱責をもってしばしの思考を追い払った。

これが若さというものなのか。心は理性を置き去りにして、奔放な感情の方へとなびく。心が意のままにならないのは自然の理かもしれないと、歌子は寛容に傾きかける。がすぐ反射的に、それは自然の理ではなく意思の弱さからくる逃げではないかと、自分を叱咤《しった》した。

しかしそんな自分勝手な葛藤は、二ヵ月経ち、三ヵ月経つうち、きれいに消えた。確かに天皇は自分の中では今も憧れの星として、燦々《さんさん》と輝いておられる。そしてその周りには皇后以外に、権典侍の柳原愛子や千種任子、園幸子などが寵妃としておられ、近頃は小倉文子もそれに加わって、平穏な日々が継続している。

だがその平穏な日々に疑問を感じ始めたのである。ありていに言えば、権典侍の務めというものに疑問を感じ始めたのである。同じ女官の中でも、天皇の寵愛を受ける権典侍は二番目の高位だ。誰もが憧れる位階であり、権限も大きい。女としてこれほどの出世はないと、世間からは見られている。ところが徐々に分かってきたことだが、無礼な考えを許してもらえるなら、その務めが、どれほどの価値があるのかということだ。どれだけ自分の能力を向上させるのかと、そのことにふと思い至ったのである。

ひたすら天皇に仕え、お子を産む。それは国に対する大いなる貢献ではあろう。けれど、個人としてはそれ以上のもの、平穏な日々以上のものではない。間違った選択ではないけれど、自分の性格から見て、その任にとても堪えられそうにないと思った。自分は寵愛を受けるという受け身の形で人生に成功するのではなく、もっと能動的に自己の能力を磨き、努力することで成功したい。そう考えるようになったのだった。

そうと決まると、もう迷いはない。以前にも増して一所懸命に御膳や御服、御道具などの仕事に取り組んだ。だが人間社会はどこも同じだな、と気づいたことがあった。それは同僚や先輩からのいじめ、嫌がらせ、嫉妬の類である。

出仕早々からいろんな仕打ちを浴びせられた。わざと予定変更が教えられずに小さな失敗をさせられたり、こちらのちょっとした仕草やしゃべり方を少し離れた陰で真似て、それをこっちに聞こえる程度に声を上げて笑い合う。無視もたびたびあった。中傷や陰口も頻繁に聞こえてきた。

「たかが貧乏士族の小娘じゃないか。それなのに、何と大きな顔をすることよ」

さらに、歌子の器量のよさが余計に邪魔をした。

「あの女には呆れました。ふしだらな性《さが》でございましょう？　殿方に色目を使うんですよ」

そこまで言うのかという思いがする。だがそんなとき、いつも歌子は祖母の言葉を思い出すことにしている。

「いいか。おまえは学問が出来て、頭でっかちじゃ。宮中では常に笑顔の消えぬよう、心がけるがよいぞ」

相手があきらかに敵意を秘めているとわかっていても、歌子は平気である。いや、平気をよそおった。微笑を浮かべ、笑顔であいさつした。人一倍強い負けん気を意思の力で封印して、憤りをじっと胸に抑えて耐え忍び、下手《したて》に出るのをいとわなかった。その分、時として人知れず廊下の暗い隅などで涙をぬぐうこともあった。

しかし見る人は見ていた。若い女官たちの取り締まりにあたる老女官である。宮中の照明はほとんど行燈《あんどん》からランプに変わっているが、それでもまだまだ暗い。日が沈むと廊下ですれ違っても、互いに声掛けをしなければ、すぐには誰かが分からないほどである。

ましてや女官たちが住む宿所は設備が不十分だ。彼らは勤めが終わると、疲れ果てて宿所に戻る。沓《くつ》脱ぎ場にはランプがなく、ひどく暗い。草履《ぞうり》などの履物《はきもの》はどうしても脱ぎ方が雑になり、あちこちに散らばって、向きもてんでんばらばらだ。老女官は顔をしかめ、

「これが女性のすることですか」

といつも小言を言い、注意するのだが、守られたためしはない。ところが一足だけ、いつでも同じ場所に、きちんと揃えられて脱がれている草履があった。調べてみると、歌子の草履である。老女官は「やはり……」と納得した。翌日、歌子に向かって皆がいる前で、

「おまえはいつも草履の脱ぎ場所が決まっておる。近頃、これは実に感心な心掛けでありま す」

と、ほめた。これには歌子は泣けるほどうれしかった。その夜、さっそく長い手紙を書いて、一部始終を祖母に告げ、岩村時代に厳しく躾けられたことの感謝を述べた。

歌子が違ったのは草履だけではない。着物のたたみ方一つをとってもそうだ。順序通り、寸分の狂いもなくきっちりたたみ、しかも非常に効率的で、余った時間に人の分まで手伝うことがある。複雑な裁縫も実に手際よく仕立て上げた。武士の家庭で厳しく躾けられたのがおのずから現われてくる。

とりわけ出仕時に初めて御上《おかみ》の御食膳について説明をうけたとき、歌子の記憶力のよさに皆は舌を巻いた。一度聞いただけで覚えてしまったのだ。先ずは食器から始まったが、御上の御食膳は白木の三方で、御食器は白に藍の染付の御茶碗、蓋は土器、御箸は楊《やなぎ》（柳）箸だと説明を受け、続いて新年祝賀会やいろいろな宴会、外国人との会食など、そのやり方やしきたり、料理の種類、椀などについても、時折書きとめはしたものの、おおかた空で覚えてしまったのである。

「この子、ただ者ではないぞ」

たちまちそんな囁きが広まった。歌子としては普通に振る舞っている行儀作法だが、宮廷ずれした他の女嬬たちにはそうやすやすと真似が出来ない。品格と能力の差が浮き彫りになった。彼らの多くは親兄弟が勤皇の志士だったという忠義心から採用されたもので、家庭の厳しい躾けがあまりなされていなかった。

宮中では天皇皇后ともに和歌を好まれた。しばしば歌会を催され、いつも女官たちに御題を賜って詠進をお求めになる。これは女官の位階に関係なく、全員に平等に機会が与えられるもので、歌子もさっそく美子皇后陛下の歌会に出席を許された。

おごそかで、ゆったりした雰囲気のなか、会は進んでいく。胸をどきどきさせながら末席に座っていると、上席の方からこちらに向かい、何か詠めという仰せがあった。緊張のあまり、それが皇后のお声なのか老年の判者なのか分からぬまま、歌子は何の詰まりもなくすらすらと筆で書きとめ、皆と同じように声に出して詠《うた》った。

「敷島の道をそれともわかぬ身にかしこく渡る雲のかけ橋」

それから二ヵ月ほど後の十二月の歌会で、今度は「若菜」という御題を賜った。

「程もなき袖にはいかにつつむべき大内山につめる若菜を」

新年一月一日の歌はこうだ。

「間近くも仰ぎつるかな朝づく日かげあらたまるとしの光を」

すると、そこで思いがけないことが起こった。皇后が歌子の歌才に興味を持たれたのか、末席ではなく、

「もそっと近くへ寄りなさい」

と言い、優しい手つきで前列へ招く素振りをされた。

歌子は耳を疑った。聞き間違いではないのか。まさか……と思う間もなく、皇后のお顔に微笑みを見た瞬間、うれしい確信がぱっと胸に広がった。何と光栄なことだろう。こんな女

嫣の小娘に直接、貴顕《きけん》からお言葉を賜ったのだ。歌子は眩暈《めまい》さえ覚える興奮にかろうじて打ち克ち、「はいっ」と短く返事した。先輩たちの視線が気にはなったが、夢にまで見た機会の到来に、背を低くして、胸を躍らせながら進み出た。

続く二日はきのうの好天とは一転し、朝からしんしんと雪が降っている。真っ白な雪の綿が地面を覆い、木々の枝の上に器用に乗って、その先端を緩く下へ曲げている。雪明りに照らされた外のあまりの静寂が、凍りつくような冷えを思わせた。それを見て、皇后が一首詠まれたあと、間近に座った歌子にも詠めと命ぜられた。歌子は一礼すると、ほとんど考える間もなしに紙に書き記し、詠み上げた。

「大君のたまのみ声のかからずば音なき雪を誰か知るべき」

その日以降も数々の歌を詠み、皇后からお褒めにあずかったが、或るとき、「春月」という御題を与えられた。

「大宮の玉のうてなにのぼりてもなほおぼろなり春の夜の月」

皇后は輿に乗り、もう一首と仰せられた。歌子は又もやすらすらと書き上げた。

「手枕は花のふぶきにうづもれてうたたねさむし春の夜の月」

流麗に詠み上げる歌子の声を聞きながら、皇后は感嘆を隠さないうっとりした表情で、しきりに頷かれている。そして聞き終わるなり、晴れやかなお声で、

「素晴らしき歌かな。春宵一刻《しゅんしょういっこく》の様《さま》がよく出ています。今日からは御歌からとって、『歌子』と名乗るがいい」

と仰せられた。春宵一刻とは、趣深いほんのわずかな春の夜の時間に何物にも代えがたい価値がある、という意味であろう。それまで歌子は「銛《せき》」という名であった。これ以上の光栄があるだろうかと、歌子は感極まり、こらえていた涙が瞳を曇らせた。

それから後、歌子は皇后の御歌の相手を仰せつけられ、いよいよ信頼を得ていくのである。側近として召されただけでもこの上ない誉《ほまれ》なのに、さらには思わぬ、いい意味での波紋が起きた。女官たちが歌子に歌作りの手ほどきを願い出たのだ。嫉妬や悪口を宿した心とせめぎ合いながら、あえてそれにフタをし、新入りの歌子に頭を下げた。そんな心情を百も承知している歌子だが、嫌な顔一つせず、誰かれの区別をせずに暇を見つけては指導に励んだ。

この教えるという経験は、歌子にとって大きな意味を有した。本人はまだ明確な意識をもっていなかったけれど、人に教えることの面白さに気づいたのである。後に教育者となって歩んでいくことになるが、その原点がここにあったと言っても過言ではあるまい。また歌子が和歌だけでなく、漢学や国学全般についても、他の追随を許さない知識の所有者だと、誰もが知るのに時間はかからなかった。才女歌子の名は宮中にあまねく知れ渡った。

美子皇后は天皇より三歳半上で、歌子よりは五歳半ほど上だった。公家の生まれにしては珍しく陽気で闊達だ。子供には恵まれないけれど、天皇との仲は睦まじい。だがよく肩が凝り、体があまり丈夫ではなかった。常着の着物でも、袿《うちき》（公家装束を構成する着物の一つ）の下に小袖を召される。これはごく短いもので、白羽二重《しろはぶたえ》で出来ていて、縫い込みがしっかりしてかなり重い。冬になると、この小袖を二枚、重ね着された。

歌子は皇后の着物をたたむとき、常々、この小袖の重さが気になっていた。この縫い込みをせめて半分くらいに減らし、お袖をもっと短くしたらどうだろう。そうすれば、お肩の凝りも少しは楽になられるかもしれない、と考えた。さっそく老女官にそのことを具申した。

「なるほど、それはいい考えです」

それから数日後、老女官が感激の表情をして、話すのももどかしそうに早口で歌子に言った。

「皇后さまが賛成されましたぞ。こう仰せあそばされましてな。自分も前からそう思っていたが、あのままでいいという気もあった。でも、お前たちがそれほどまで申すのなら、そうしよう。袖の先に綿を入れないようにするがよかろう、と。そして、その後の皇后さまのお言葉が誠にもったいなくて、有難くて……」

有難く、というのはこういうことだ。皇后は袖を通した着物を女官たちに御下賜するのを常とした。女官たちも着古すと、今度は宿舎の小間使いに下げる。それを皇后はよく知っておられ、もし羽二重の小袖を軽くしてしまったら、寒さしのぎにならなくなり、下が困るのではないかと考えておられる。だからそのままにしていたと、語られた。下を思いやるそのお気持ちがあまりにも有難く、老女官ははしなくもその場で涙を見せてしまったという。

歌子が出仕して翌年の夏、うれしい報せを受けた。「御書物掛」の役を拝命したのだ。これは書庫にある書物の整頓や清掃、保管などを行う役目だが、こんな願ったりかなったりの仕事はない。蔵書の山を見て、まるで宝の蔵に入ったような幸福感が胸をうずめた。名だけは聞いているものの、見たこともない内外の本がずらりと並んでいる。これ幸いと片っ端から読破していった。ちょうどその数ヵ月前の五月に皇居が炎上したが、多くの所蔵図書が無事残ったことに心底から感謝した。

明治六年十二月、歌子は異例の昇進を果たした。出仕してから一年二ヵ月しか経っていないのに、宮内省十五等から一等級飛ばしていきなり十三等に抜擢されたのだ。およそあり得ない前代未聞の人事に女官たちは騒然となった。嫉妬の炎を燃やす人と、彼女なら仕方ないと認める人の二手《ふたて》に分かれた。今や御歌所の高崎正風や福羽美静だけでなく、最高峰に座る宮内卿の徳大寺実則も、歌子の抜群の能力と品格の高さは認めるところである。

徳大寺は前に皇后が女嬬の一人に「歌子」という名を賜られたということを人づてに聞き、そのとき「ああ、そうですか」と特別な感慨もなしに聞き流していた。ところが今回、事前に人事部門から歌子の昇進についての決済稟議書が回ってきたとき、前例がない速さに苦言を呈した。

「いくら優秀だとはいえ、ちと速すぎる。他の女官たちへの影響もあるのではないか」

だが人事担当者は引き下がらない。高崎正風や福羽美静も強く推薦していると主張し、押し問答が続く。ところが人事担当者のふとしたつぶやきが徳大寺の眠っていた好奇心に火をつけた。

「実は彼女、目の覚めるような美人なんですよ」

と言い、「もちろん昇進とは関係ありませんけれども」と、あわて気味に付け加えた。

「ほう、美人とな。面白い。そこまで言うなら、どんな人物か、この目で直《じか》に確かめてみるか」

徳大寺の心が動いた。このところ多忙な日が続き、頭が疲れている。目のいい保養になるかもしれないと、気軽に考えた。今年の正月早々に山県有朋が主導する徴兵令が施行され、それだけでも忙しいのに、先月終わったばかりのウィーン万博の準備や後片付けで寝る間もなかった。

「それならちょうど今、歌会が行われています。この足で参りましょう」

「ふむ。よかろう」

自分たちだけで行くのも何だからと、たまたま別の部署へ参内《さんだい》していた歌人の高崎正風を誘った。歌会の部屋に近づくと、大きな声で誰かが朗詠している。三人は徳大寺を先頭に、ふすまの開け放たれた部屋に静かに足を踏み入れた。皇后に向かって黙って丁重に頭を下げ、さも気の向くまま参観するかのように、末席からさらにやや離れたところに控えめに座った。

徳大寺は人事担当者の合図で、皇后の間近に座った歌子に視線を当てた。確かに言われた通りだ。大輪《たいりん》の花がひときわ鮮やかに咲いていると思った。輝くような美しさが辺りを圧倒し、若さではち切れんばかりである。きれいな首筋を支えるしゃきっとした背筋が、品格の高さというのか、高潔な雰囲気をかもしだしている。何かの拍子に襟もとから伸びる皮膚の艶やかな白さが見え、徳大寺はどきりとした。

二、三人が詠んだあと、今度は歌子の番が来たらしい。何やら紙にさらさらと書き、高らかに詠み始めた。徳大寺はおやっと思った。耳をそばだて、その声に神経を集中させた。

——不思議だ。どこかで聞いた覚えがある。

朗々としたあの声音《こわね》。朝の林間を連想させる、透き通った高い響き。一体どこだろう。或る種の懐かしささえ伴いながら、耳に入ってくる。そんな刹那、ふと或ることに思い至ったとき、思わず「あっ」と喉の奥で声が出そうになった。

——あの女《むすめ》だ。左氏伝の女だ。

毎朝、馬で屋敷を出るとき、松平侯の御長屋から聞こえてきた。左氏伝を朗読していた。あの時の女がこの歌子なのか。徳大寺はまるで懐かしい知己に巡り合ったかのような感慨を覚えた。運命のいたずらに感謝したい気さえする。この女なら、二階級特進など少ないくらいかもしれぬと、己の変わり身の早さにむしろ心地よささえ覚えながら、歌子の表情に見入った。

十三級になってから間もなくして、歌子に大きな褒美が授けられた。以前から皇后の向学心はすこぶる旺盛で、侍講（君主に対して学問を講じる人）の元田永孚《えいふ》や加藤弘之、福羽美静、その他の碩学《せきがく》（学問が広くて深い人）たちが毎日、国学や漢籍などを御進講申し上げていた。その御進講に歌子も同席することが許されたのだ。

陛下のお側で第一流の学問を聞ける光栄に浴し、歌子は心臓が破裂しそうなほどの興奮を覚えた。想像もしなかった夢のようなことが現実に起こった。これほどの喜びがあるだろうか。次々と好転する運命が怖いくらいであった。恐らく徳大寺宮内卿や高崎正風師匠らのご好意だろうと、心から感謝した。事実、徳大寺は後に、歌子が書庫内の蔵書をほとんど読破してしまっていることを高崎から聞き、言葉も出ないほど感服されたという。

後年、歌子が華族女学校や実践女学校などを創設し、自身も教授として生徒に教えるのだが、この陪聴（身分の高い人に同席して聞くこと）はそのための大きな収穫をもたらしたと言える。

昇進の快進撃は止まらない。十三等になって一年後の明治八年五月、また一段上がって宮内省十二等出仕となった。そして翌六月、遂に権命婦の地位を得たのである。異常に早い出世であった。それから一年後の明治九年六月、命婦十等に昇進した。

権命婦になった年の明治八年十一月二十九日、皇后が初めて女子高等師範学校に行啓なされた。北風はもう頬に冬の冷たさを運んでくるが、天気はいい。朝八時半ころ、文部大輔《たいふ》の田中不二麿呂を始めとする役人や歌子らを従え、馬車で赤坂仮皇居を出られた。

学校の正門前で職員、生徒全員がお出迎えし、それから講堂に集合して開校式が行われた。皇后が令旨《りょうじ》（挨拶文）を読まれ、文部大輔の祝辞等があった後、皇后は教師と生徒の話を熱心にお聞きになった。そのとき教員の棚橋絢子が奏祝歌を賜ったところ、皇后はすっと歌子の方を向き、返歌を命じられた。歌子は奏祝歌を受けて、間を置かずに謹厳な面持ちで歌を返した。

「花咲かば唐錦にも越えなましまことを種子の大和撫子」

このとき以降、明治十二年十一月に歌子が宮中を拝辞するまでの四年間、学事に関係する皇后の行啓には、必ず歌子がお供した。歌子に対する皇后の信頼は誠に厚いものがあった。

9　桃夭女塾を創立

歌子が宮中を辞した翌月の明治十二年十二月、元剣客の下田猛雄と結婚した。父鍒蔵が強引に決めた相手で、気が進まない中での結婚だった。当時から猛雄はガンを患い、以後、亡くなるまでの五年半というもの、歌子はひたすら看病に明け暮れた。不幸な結婚であった。猛雄は讃岐丸亀藩の藩士である。小柄な背丈に似合わず、二尺八寸（八十五センチ）余りの大太刀を自在に使う天才的な剣技を発揮した。無反《むぞり》（刀身に反りがなく真っ直ぐなこと）で、居合と共に抜きはらって相手の胴を払うのだ。喧嘩剣法に近い。

幕末時、尊王攘夷の嵐が吹き荒れ、暗殺が横行するなか、江戸の泰平で眠っていた剣が再び脚光を浴びた。腕が立てば士官の口がかかるし、用心棒の仕事にもありつける。

そんな慶應三年の春、岩村に武者修行の一団が現われた。その中に十九歳の下田猛雄がリーダー格でいた。藩士相手に剣術を競ったあと、皆、旅立っていったが、猛雄だけが残った。鍒蔵はこの男を見込み、藩士たちに剣術を教えさせると共に、自分の屋敷に下宿させた。ついでに、素養ありと見て、漢学も教えた。そのとき歌子は十四歳だったが、怖い人、という以外に特別な感情を抱かなかった。

その後、猛雄は江戸へ上り、道場を渡り歩く生活をしていたが、やがて時代は明治となった。まだまだ世の中は物騒で、麻布に自分の道場を開き、かなり繁盛した。

その頃、歌子は上京しており、そのうち宮中へ出仕する道を歩み始めた。もちろん互いに消息は知らないのだが、下谷《したや》（現東京都台東区の西部）の警察署で邏卒《らそつ》（明治初年頃の警察官の呼び名）に論語を教えていた鉌蔵が偶然、そこで猛雄と再会したのである。

「ほう、麻布の永坂に道場を開いているとな」

「はい。ほかにもいろんな警察署に出向いて、剣術を教えています。この下谷もそのうちの一つです」

「大したものだ」

鉌蔵は一段と立派になって成功している猛雄に、まるで長らく会わなかった息子でも見るように目を細めた。

「ところでお嬢さんは今、どうされていますか」

「ああ、鉐かね。今は歌子と改名しているが、宮中へ出仕して、女官になっておる」

「へえ、宮中にですか」

猛雄が緩《ゆる》く口をあけ、やや失望した表情をしたので、鉌蔵はおやっと思った。どうしたのだろう。がいくら鈍感な鉌蔵でもすぐに気がついた。宮中が不満なのではない。宮中では自分と立場が違いすぎる、と失望したのではないのか。

——ひょっとして歌子が好きなのかもしれぬな。

そう一人合点した。この男ならば、娘を嫁がせるのに悔いはない、と直感的に思った。

だが、それは一人合点ではなかった。その後、猛雄と何度か酒を飲んだが、そのとき鉎蔵は猛雄の口からはっきりと結婚の希望を聞き、自分も即座にその約束をしたのである。何の迷いもなかった。その時の猛雄のうれしそうな顔を見て、鉎蔵は親として娘への難題を果たした安堵感でいっぱいだった。歌子のような学問一辺倒の変わり者には、誰でもいいというわけにはいかぬ。若い頃からの性格をよく知ってくれている猛雄ならばこそ、幸せになれそうな予感がした。

ところが世相は大きく変わりつつあった。維新の激動が終わると、あっという間に剣術は無用の長物と化した。猛雄の道場も閑古鳥が鳴き、一匹狼の荒《すさ》みをいまだに残した青年剣客にとって、時代の流れは急速すぎた。勢い酒を飲んで、憂さを晴らした。その分、歌子への思いがますます強くなり、

――早く結婚を……。

と望む気持ちが追い立ててくる。

鉎蔵もそんな心境を見るのがつらく、宮中にいる歌子に何度も手紙で結婚を促した。そのたびに歌子は、まだその気はないと返事を返すが、鉎蔵も引き下がらない。これは親が責任をもって決めたことだからとか、猛雄とは男同士の約束であり、武士倫理として今さら覆すわけにはいかぬなどと、父権を前面に出して歌子に迫った。

ではなぜ歌子がもっと強硬に反対し、自分に相談もなく勝手に決めたことを非難しないのか。その疑問が湧くが、当時の社会では親が決めた相手と結婚するのが普通であった。家父

長制のもと、とりわけ武家において戸主の力は絶対的である。歌子といえども、いや、儒教精神を学んでいる歌子だからこそ、父親の存在は絶対的な力と受け取ったのかもしれない。親孝行という意識から逸脱するのは困難だったこともあろう。歌子に出来ることは、せいぜい延期して時間稼ぎをすることくらいであった。

失職した猛雄は仙台の地へ下り、材木関係の仕事に従事した。そろばん勘定などが出来るわけはなく、商売の才能なども ない。剣で鍛えた体力だけが頼りの肉体労働である。朝から晩まで木材を筏《いかだ》に乗せて運んだ。仕事が終わればまた浴びるように酒を飲んだ。酒量はどんどん増えていく。

ところが意外なことに、筆だけは実にまめだった。鉎蔵と歌子宛てにしばしば手紙を書いた。鉎蔵には結婚約束の履行を迫り、一方、歌子には「鹿島灘で材木船が難破して、少々困っている」というふうな、仙台での心寂しい心境を伝え、愚痴に近い近況報告をしている。

この時期、鉎蔵が歌子に出した手紙の中に、宮中奉仕の心構えを説くと共に、仙台にいる猛雄と連絡をとるようにと、くどいほど催促しているのがある。同じ文中でも前者は付け足しで、本音は後者にあるのだろう。どうも歌子がぐずぐず先送りにしている感じがする。猛雄から歌子へ出した手紙にも、直接仙台へ写真を送ってほしいとか、御所や宿舎の様子を教えてほしいとも頼んでいる。

この時代、男が女に「写真を送れ」などと言うには、よほど親密な関係がなければあり得ないことだ。こうした手紙のやり取りが三者のあいだで頻繁に行われた。歌子が宮中で多忙な時間を過ごし、着実に出世の階段を上っているとき、まるで蜘蛛の糸がべっとりと体にからみつくように、歌子はこのような結婚問題で悩まされていたのだった。

どうしても写真を送らない歌子に対し、或るとき父の鉎蔵が気を使って、こう書いて送った。

「仙台への郵便この度は大封になり候間、返事ゆるゆる認《したた》められ、拙宅へ遣《つか》わさるべし」

仙台への手紙は長くなるだろうからゆっくりと書いてもらい、写真も合わせて、自宅へ届けてほしい、そうすれば自分の手紙と同封して、猛雄に送る、という意味であろう。歌子への催促に他ならない。

この頃、猛雄は酒の飲み過ぎで胃を悪くしていた。ガンということはまだ気づいていないが、大変な病にかかっているという自覚はあった。それでも酒はやめないので、鉎蔵は心配した。仙台ではなく、東京へ戻って静養するように勧め、猛雄は素直に従い、平尾家に住みついた。

度重なる催促に歌子も疲れたのか、命婦十等に昇進する少し前、東京の父鉎蔵宛てと猛雄宛てに何回も手紙を書いている。「病気を理由に御所を下がることにする」と言ったかと思えば、猛雄に対し「時節まだ利あらず。御養生専一になされたし」と変心したり、揺れ動く心境をつづっている。猛雄宛てのどの手紙にも書かれているが、

「読書をされよ。そして焦らずに成り行きを待ってほしい」

とか、

「あなたが健康になるまで待つ。早くお目にかかりたいので、養生に努めてほしい」

などと、猛雄の病気を非常に気にしているのである。そこには、なぜ重病人に嫁がなければならないのかと、反語的に自問している様子がうかがえる。この時期になると、誰もが恐らくガンではないかと疑った。

それから一年ほど経ったころ、平尾家は麻布飯倉片町に転居した。当然の流れのように猛雄も一緒に移り、平尾家の家族として遇された。このことは既成事実となって、歌子の上にいっそう重くのしかかった。その重圧に耐えきれず、歌子は忙しい合間を見つけて父鍒蔵に何度か会っている。休暇をとって実家へ帰った。そして、父の変わらぬ姿勢を再確認し、絶望した。

「まさかお前は重篤な病人を見捨てるようなことはすまいな」

その一言は心臓をぐさりと突き刺した。もう逃れられないと思った。

その五ヵ月後の九月に、尊敬していた祖父琴台が八十四歳で亡くなった。ここにきて歌子は宮中勤めに見切りをつける決心をした。

琴台死去から二ヵ月後の明治十二年十一月二十日午後、ついに思い出深い仮皇居の赤坂離宮を去る時が来た。あっという間だった。つらくもあり、楽しくもあった七年間の宮仕えも、いよいよこれで最後かと思うと、涙がにじみ出た。門前で人力車に乗るとき、もう一度、見送りの人たちに感慨を込めた別れの手を振った。

車が動き出した。涙で曇った目の端に、鬱蒼と茂った離宮の森が映った。

——この森ともお別れなのか……。

もう足を踏み入れて散策することはあるまい。夏のあいだあれほど王者のように鳴き競っていたセミの声は、すっかり消えている。木の葉の色も移ろいを見せ、晩秋を生き残ったコオロギが一匹、真昼なのにキリキリキリというか細い澄んだ声を青空に響かせていた。

自分もこれからこの孤独な一匹のコオロギと同じように、一人の市井人になるのかと思うと、自らが選んだ道とはいえ、何だか未練めいた一抹の寂しさが込み上げた。宮廷を去ったことへの後悔と、もう決めたことなのだという決別への励ましがせめぎ合い、心が定まらないまま、後ろを振り返りたい気持ちを振り切って、次第に速度を増す車に身を預けた。


予定通りとはいえ、あわただしい進行だ。宮中を辞去して早くも翌十二月、下田猛雄と結婚し、下田歌子となった。二十六歳の時である。華やかな気分にもならず、内輪だけの祝言にした。かなりまとまった額の功労金が下賜されていたので、平尾家と下田家の当面の生活には困らない。

だが病臥《びょうが》状態に近い夫との生活はつらく、忍耐のいるものであった。時には激しい酒乱の症状を見せた。承知していたこととはいえ、病夫にかしずく妻であり続ける以外にないのだ。自分の結婚がこういう形で始まるとは、若い頃、夢にも思わなかった。源氏物語のような甘美な場面を果てしなく空想し、胸をときめかしたものだ。

しかし、愚痴は言うまい。これも自分の運命なのかもしれぬ。田舎出の一小娘が宮廷などという日本最高の場面で羽ばたく機会を与えていただいた。それには多くの先輩方の助けがあったし、ささやかな自分の努力もあった。とりわけ美子皇后陛下からのご信頼は自分の終生の宝物である。その思い出を励みにし、日々、夫の看病にいそしんだ。

とはいうものの、それは苦悶《くもん》から免れるための方便に過ぎないのを思い知らされることがある。猛雄が一向に酒を控えようとしないのだ。体に悪いのを承知で、いったん徳利を手にすると、いや、一升瓶を手にすると、まるで刀に訴えてでも死守するというふうな恐ろしい形相をし、離さない。さらにはちょっと外出などして構わないでいたら、機嫌が悪くて手に負えない。辺りかまわず怒鳴り散らすのだ。「君子豹変す」という諺があるけれど、まさに我が夫がそれだとは、結婚前に誰が想像しただろうか。過酷な現実が果てしなく続く毎日は、歌子から我慢という理性を奪い、感情の破裂に走りたい衝動へと駆り立てるが、いつも最後の一歩というところで踏みとどまっている。

そんな励まし、反省、苦悶の日々が繰り返し続くうち、ますます歌子は追い詰められた。神経の休まる暇がない。顔色が蒼白になり、食も進まず、体が痩せてきた。鉎蔵は心配した。

――このままでは歌子までが寝込んでしまう。

猛雄を診ている医師も同じことを言っていた。もう猶予はできない。さっそく猛雄を除いた家族会議を開き、医師の助言もいれて、歌子にしばらく温泉へでも静養に行ったらどうかと勧めた。

「猛雄の世話はわしが引き受ける。お母さんと一緒に、ゆっくり伊香保へ行ってきなさい」

「あら、いいのですか、お父上」

歌子は投げてもらった救いのボールを有難く、しっかり受け止めた。

久しぶりに気分が弾む。伊香保はまだ訪れたことがない。万葉集第十四巻の東歌《あずまうた》（辺境の東国諸国で詠まれた歌）にも出てくる憧れの温泉地だ。迷わず伊香保行きを決めた。たまたまその数日前、宮中時代の先輩権典侍の柳原愛子と植松務子からも、連名で手紙が来ていた。今、自分たちは伊香保にいるが、体がすぐれないのなら、ここへ来て保養したらどうか、と誘ってくれている。

七月三日の午前六時に出発。もう日が高い。母房子と従者一人と共に家を出た。あれも持っていこう、これも持っていこうと言っているうちに、遅れてしまった。

長旅は東路に次いで二度目で、慣れている。何よりも平地続きなので大助かりだ。体の疲れ方の配分も心得たものである。歩きと車、休憩を交互に交えているうち、浦和を過ぎ、鴻《こう》巣《のす》まで来た。

そこで一泊し、翌朝はまだ暗いうちから発った。途中、すでに桜の終わっている熊谷堤をうらめしそうに見た。もう少し行けば、先祖の故地《こち》（もと所有していた土地）があった新田と足利があると聞き、急ぐことにした。道中、歌を詠みながらその夜は倉賀野に宿泊。古墳が近くにあるというので夕食後、見学に出かけた。五日は終日、後押し車に揺られながら、午後五時前にようやく目的地の木暮八郎旅館に着いた。

そして、そこにじっくり腰を落ち着け、十八日まで逗留した。その間、思う存分、湯につかり、おいしいものを食べ、気の向くまま歌作をし、日記を書いた。持参した本も精力的に読みこんだ。母の勧めで、朝の空気が冷たいなか、何十段もの石段をのぼって、体力作りの日課をこまめにまっとうした。柳原愛子、植松務子両先輩に会って、回顧談にふけったのは述べるまでもない。

何と贅沢な時間だろう、と思った。その贅沢が日一日と、昔の活力を歌子に取り戻させた。しばらく離れていた学問に久しぶりに向き合い、その面白さを再発見した。やはり自分は学問が合っている。本こそが栄養素なのだ。改めてそう確信した。

それともう一つある。禅学だ。これまで和漢の学は自分なりに研磨してきたつもりでいる。だがここで気ままに本を読むうち、偶然、禅というものに出合い、興味をもった。詳しくは分からぬが、生き方で何か得るものがあるかもしれない。帰ったら宮中時代に面識を得ていた鳥尾小弥太陸軍中将を訪ねてみたいと思った。

帰路は驚くほど気持ちが軽かった。再び逆路をとって、二十日午後四時、無事に帰京した。以前のあわただしい毎日がまた始まった。夫猛雄の容体は悪いままで変わっていない。相変わらず酒浸りの生活は続いている。だが歌子は精神的にはこれまでとは違う自分に気づいている。手かせ足かせのはまった状態から大方、脱皮し、自由を感じる余裕が出来ていた。

物事とは、心の持ち方一つでこんなに変わるものなのか。一時《いっとき》、あれほど薄暗かった目の前が、自分の意思一つで明るさを調節できるのだ。ではその意思、心、精神とは何なのか。

たとえおぼろげでも、禅から何か学べるかもしれない。救いを求めるというのではなく、むしろ能動的に人生を切り開いていくための、出来れば、「舵《かじ》」となるような何らかの智慧を学びとりたいと考えた。歌子はさっそく鳥尾中将に手紙を書き、なかば強引に伊香保土産をさげて自宅を訪ねた。

鳥尾は長州藩勤皇の士で、陸軍中将だが、この年、病気になり、それをきっかけにいっさいの職を辞して参禅生活に入っていた。早くから禅学の奥義《おうぎ》に達し、その名を知らぬ者はいない。天皇も皇居でその禅学を熱心に聴聞されていたほどである。

「おお、参られたか。久しぶりじゃのう」

鳥尾は歌子を見て、大いに喜び、歓待してくれた。歌子の禅の勉強は、それほど長い期間ではなかったが、現実を見つめ直すいい機会になった。人は多くの苦難に出会わなければ大成しないものだと教えられた。

今や自分には不治とも思える病人の夫がいる。加えて自身の弱りがちな肉体と、さらにはこの細腕一つで家族全員を支えていかねばならぬ家計の責任がある。しかし、これは天が自分に与えてくれた試練なのだ。それらの苦難を一つ一つ克服し尽すことで、自分の成長が促される。そのことを精神の深いところで納得できるように教えてくれた。

歌子はより深く禅へ入っていく前に、国学と漢学の方へ戻った。鳥尾中将の域にはとても達せそうにないという悟りもあるが、「舵」の周辺に触れることが出来ただけでも有難い。この「舵」を礎《いしずえ》に、いよいよ本来の国学と漢学を極めたいと心に決めたのだった。

時は少しさかのぼるが、明治四年、明治天皇は四民平等になった国民に広く学問を勧め、励まそうと、「勧学の勅諭《ちょくゆ》」を発せられた。これに基づき、三年後の七年に華族の子弟のために「華族勉学所」が設けられ、さらに十年、「学習院」と名を改めて、神田錦町の新校舎で授業が始まった。

女子の入学は認められてはいるが、それは形だけで、男子に重きを置く傾向が明白だった。たとえ女子が入学できても、小学科止まりであり、中学科まで進める男子とは差があり過ぎる。

「男尊女卑があまりにも露骨だ」

「これでは西欧諸国から野蛮国とみなされても仕方なかろう」

政府高官の焦りはつのるばかりである。

そんな時代の必要性に迫られるなか、手が打たれていなかったというのではない。明治五年に官立の東京女学校を神田一ッ橋に開校しているが、なるべくしてなったとでも言うべきか、五年も経たないうちに廃校となった。学校方針に問題があった。

「尋常小学科に英語学を加え……英語に習練する生徒をもって、通弁（通訳）の用に供する」

という程度で、便宜的な印象を免れない。真の女子教育を目指すものとはほど遠かった。

授業料も法外に高く、財政難もあってあっけなく頓挫したのだ。各府県も東京女学校になら い、次々に師範学校を開設したが、肝心の女子教育の理念があやふやで、なかなか実りあるものとはならない。

しかし政府のもたつきとは対照的に、私立の女学校は続々と誕生した。そのほとんどがキリスト教系の学校である。いち早く明治三年横浜のヘボン治療院でミス・キダーが女子教育を始めた。これは英語塾の元祖であり、フェリス女学校の前身となる。四年にはアメリカン・ミッション・ホーム（現横浜共立学園）、八年に京都出身の跡見花蹊による跡見女学校（現跡見学園）、神戸英和女学校（現神戸女学院）、九年には京都に同志社女子塾（現同志社女子大）などが誕生した。この中では跡見女学校だけが珍しくキリスト教系ではなく、日本人が創始した。

中央でも大きな変化があった。明治十三年、歌子が伊香保から戻った年の十二月、「改正教育令」が出された。それまでは西欧文明を取り入れることに躍起で、洋学中心の教育だった。ところが、これではいけないという反省が政府内で起こり、この頃から一変して、儒教や国学を復活させる動きが加速したのである。文部大臣の福岡孝弟は、

「特に教育は公国固有の教えに基づき、儒教の主義によることを要す」

と言って、それまで使われていなかった論語や孟子の本を全国の学校で教科書として使用させた。仁義忠誠の道を明らかにし、道徳の方向では、孔子を範として人々はまず誠実な品行を尊ぶよう心がけねばならない、とした。この方針内容には内務卿の伊藤博文が深くかかわっていた。表面的には大急ぎで西欧文明を吸収せねばならないが、日本人としての心の奥には、儒教や国学をしっかり据《す》えておかねばならぬ、と考えた。

だが改正教育令が発せられても、女子教育の進展は依然、遅々として進まない。新政府の顕官である伊藤博文や井上毅、山県有朋、土方久元、佐々木高行らは思い悩み、日夜、議論した。彼らにとっては、日本国全体の問題であるだけでなく、個人的にも自分たちの可愛い娘に何としても、新時代の一人前の女性として希望のある教育を受けさせたいと考えている。まさに喫緊《きっきん》の課題であった。

「女子教育が進まないのには理由がある。それは女子生徒を教える先生だ。先生はやはり女子でなければ、うまくいかぬぞ」

と言い、その教師にふさわしいのは、今は退官している下田歌子以外にはいないのではないかと、誰もが考えた。

「あれほどの才覚のある女を知らぬわ。華冑《かちゅう》界の若い娘たちに、国学や和歌を教えさせることにしたらどうかな」

「あの人なら適任じゃ。でも今は夫の看病に明け暮れていると聞く。果たして聞き入れてくれるかのう」

「本当に不幸な結婚をなされたものだ。家計の方も大変らしい」

「ならば、どうじゃろう。当面は彼女の家で吾輩らの娘に教えてもらうということなら、やってくれるかもしれぬ」

「ふむ。収入も保証されるし、それは良案じゃ。いずれ時を見て、もっと大がかりな公《おおやけ》の女子教育事業にかかわってもらえばいい」

そこで井上毅が皆を代表して使者となり、下田家を訪れることに決まった。事前に使者を走らせて訪問を知らせようと考えたが、万がいち断られたら困るという意見が出、直接行くことにした。

その頃、下田家は父の平尾家から独立して、麹町区一番町に家を構えていた。夫の看病と学問という、不幸な中にもそれなりに充実した時間を見いださねばと、歌子は必死に奮闘していた。

だが経済的な余裕が次第になくなり、これはこたえた。着物や家具を売り食いするような状態は気になっていた。何か収入の道はないものかと頭をめぐらせるが、看病で家を離れられない以上、それもままならぬ。細々ながらでもいいから、家で誰かに教えるということはどうなのか。以前、宮中で同僚の女官たちに和歌を教えたことがあった。教えるのは自分の性に合っているのかもしれぬ。そんなことをとりとめもなく考えていた矢先の早春、突然、親しくしていただいていた高官の訪問を受け、歌子は驚いた。

最初、家に招じ入れるのに抵抗があった。家財道具のかなりが姿を消し、台所事情が丸見えになるのが気恥ずかしく、どうしようかと瞬時、躊躇した。だが懐かしい井上の顔を見て、そんな迷いは吹き飛んだ。

夫が寝ている部屋を避けて遠回りし、離れにある応接間に案内した。宮中時代の思い出が歌子の中に一気に押し寄せ、しばらくそのことで花が咲いた。夫のところまでは話の内容は聞こえない。歌子は久しぶりに大きな声を立てて笑った。

歌子の朗らかな様子に、井上もうれしくなった。もっと沈んでいるかと思っていたが、さすが下田歌子だけのことはある。肝が据わっている。やはりこの人に任せれば安心だ。井上は折を見て、単刀直入に要件を話し、言葉を結んだ。

「あなたならば、安んじて自分らの女《むすめ》をお預け出来る。一切をお任せするから、どうか思う存分に教育してほしい」

歌子は頭を下げ、即座に受諾した。これほどの有難いお話はない。国の教育方針としての儒教や国学への回帰は、まさに自分の出番を用意してくれているようだ。天はいざという時に手助けしてくれる、と思った。

「よろしゅうございます。責任をもってお預かりいたしましょう」

善は急げ、である。その三日後から何名かの令嬢の姿が下田家に見られた。それに加えて、時を置かず、伊藤夫人や山県夫人、田中夫人ら、多くの母親も生徒となった。彼らは学ぶだけでなく、子供の相談も持ちかけた。

ただ授業料については少しばかり議論があった。井上からかなりの高額を示されたので、歌子は言下に否定した。

「そんなに高くしては一般の生徒が集まりません。私は高貴な娘さんだけでなく、出来るだけ普通の人にも来てほしいのです」

「なるほど。分かり申した。では藤公さんらのご婦人方だけは、多少、高めにしてもよかろう」

井上のその強引な幕引きに歌子は苦笑しながら頷いた。家財道具の少なさに気づいていながら、こちらの家計のことには一切触れない。そんな配慮がうれしかった。

　歌子は入念に講義の準備をした。興味を持ってもらわねば、長続きはしない。先ず眼目に源氏物語を置き、初心者にも分かるように自分なりの注釈を作って解説した。それから和歌である。これは題を与え、その場で直しの添削をした。小さな子供にはさらに徒然草、古今集を講義し、時には四書、五経の話も入れる。単なる学術的講義ではなく、その場面場面の物語を臨場感でもって話すので、生徒たちは目を輝かせて聞き入った。また気分転換にと、琴の師匠にも頼み、教授してもらった。

　そんな中の三月、とりあえず東京府知事宛てに下田学校開業上申書を提出し、「下田学校」と名付けた私立女学校を設立。そしてその年明治十五年六月、校名を「桃夭女塾」と改めた。この「桃夭《とうよう》」という名は、詩経の周南桃夭篇の中から取っている。

「桃の夭夭《ようよう》たる　灼灼《しゃくしゃく》たるその華、この子ゆき帰《とつ》ぐ　其の室家《しっか》に宜《よろ》しからん」

　つまり、「桃の若木のみずみずしく、輝くその花はひときわ鮮やかに美しい、この子が他家に嫁げば、その家庭に似つかわしいだろう」という意味だ。婚期の娘たちに、それにふさわしい教養と品格を備えさせようというのである。

　塾勢の拡張に備え、代金後払いで屋敷を改築した。広い部屋を二間打ち抜いて教室にし、庭を隔てた離れに夫が寝る病室をこしらえた。機嫌をそこねないよう、出来るだけ豪勢な造りにした。

塾はいい方向へ回転していく。伊藤や山県、井上など政府高官の娘が特に選んで通っていると、そんな評判がさらなる評判を呼んだ。桃夭女塾の名は上流家庭のあいだに急速に広まり、生徒数も増加をたどる。学科は国文、漢学、修身、習字というふうに規定し、いっそう授業内容に工夫を凝らした。学力の向上だけを追うのではなく、品格のかさ上げの方に重きを置き、授業のいい雰囲気作りに配慮した。

中でも源氏物語の講義は絶品で、なめらかで分かりやすく、平安の絵模様が目に浮かぶようである。誰もがうっとりとして聞き入った。その講義は、早稲田大学での坪内逍遥のシェークスピア講義と並ぶ二大講義だと評されたほどである。また後年、歌子の華族女学校時代には、国文学の権威者である武田祐吉や折口信夫が聴講に行ったと言われている。

授業中、生徒がお題の和歌を作ると、歌子はその中から秀作を取り上げ、脇にある短冊に持ち前の達筆でさらさらと書く。生徒たちはそれを手本にして習字の練習をするのである。自分の歌の文字を書くのだから、いっそうやる気が出た。漢詩は父の鍒蔵が作り方を教え、生徒たちの世話は母房子の役目であった。家計にもようやくゆとりが出来てきた。教科はその後さらに充実し、算術や歴史（日本史、中国史）、裁縫などが加わった。

この頃の歌子は昔、祖父琴台から注意された娘時代と違い、外見にも気を配っている。街では黄八丈という、八丈島に伝わる草木染めの黄色い絹織物の着物がはやっていた。豊かな黒髪を丸髷《まげ》に上げ、その黄八丈の着物に、黒繻子《しゅす》（肌着）の合わせの昼夜帯をきりっと締め、裾を引いて着る姿は、誠に粋《いき》である。週に一度か二度は高官に呼ばれて宮中へ出かけるが、その姿はまったく絵の中に浮き出ているように美しかった。

猛雄の病状はこのところ悪いままでの膠着《こうちゃく》状態が続いている。胃の痛みはひどく、薬は飲んでいるのだが、その効果を帳消しする以上の酒量が、ますます荒れたひがみっぽい性格へと追い込んだ。妻の活躍に嫉妬し、制御できないでいる。夫として一度たりとも面目を見せられなかった不甲斐なさに自己嫌悪し、それが強者への攻撃に向かわせた。終始いらいらして、理由もなく癇癪を起した。そのたびに大声を出して、塾の手伝いに来ている鍒蔵や房子ではなく、必ず妻の歌子を呼びつけるのである。

歌子はその声を聞くと、すぐに講義を中断して、

「ちょっと失礼あそばせ」

と、軽い礼を残して病人の枕元に馳《は》せつけた。下の世話なら仕方がないとして、もとより大した用事があるわけではない。病人の気持ちが静まると、再び教室に戻り、何事もなかったかのような穏やかな表情で講義を続けるのである。若い生徒たちはそんな場面を見るたび、直接口にこそ出さないが、我が身のことのように痛みを感じ、深く心を打たれた。生徒数はすでに教室いっぱいの数十名を数えるまでになっていた。

さて、時点はかなりさかのぼるが、明治四年の秋も深まった十一月十二日、横浜港からアメリカへ向かう一隻の蒸気船「アメリカ号」があった。岩倉使節団である。船上には副使の一人伊藤博文と、五人の少女留学生もいた。北海道開拓使長官の黒田清輝は女子教育普及を

図るため、自らの省庁の予算を割いて五人の少女留学生を送り出した。その少女の中に、後に大山巌元帥の妻となる山川捨松（当時十一歳）と、津田塾大学の創設者津田梅子（同八歳）がいた。

梅子は現地で洗礼を受けてキリスト教徒となり、初等、中等教育を受けた後、十一年後の明治十五年十月、十九歳で帰国する。捨松と違い、八歳の幼さでアメリカへ渡ったので、帰国した時はほとんど日本語を忘れていた。

そんな翌十六年九月に鹿鳴館が完成し、ここで外国人も招いて天長節（十一月三日天皇誕生日）の祝いを行う予定だったが、残念ながらまだ開館に間に合わない。そこで代わりに急きょ十一月三日、伊藤博文外務卿の官邸で夜会が催された。梅子も帰朝者の一人として招かれていた。そこで思いがけない人物に出会ったのである。伊藤博文だ。

記憶力のいい伊藤は、しょんぼり一人でいる梅子を認めると、にこやかに近づいた。

「私が誰か分かりますか」

梅子がひょいと見ると、瀟洒《しょうしゃ》な服装をした四十過ぎの紳士が立っている。話し方も馴《な》れ馴れしげだ。だがどうしても思い出せない。梅子はやや怖気《おじけ》づいたように首を横に振った。

「分かりませんか。分かりませんかねえ」

と、伊藤が今度は半ばからかうように尋ねた。梅子はいよいよ困った。日本語の聞き取りの問題もあるけれど、顔に覚えがないのだ。すると、顎ヒゲを撫でながら、

「ほれ、アメリカ号に一緒に乗っていた伊藤です。伊藤博文ですよ。覚えておりませんか。

私がこの前あなたを見た時は、まだほんの、こんなにちっちゃな子供でしたよ」

と、自分から名乗り出て、手で背丈を示した。

成程そう言われてみると、そんな気もする。当時の伊藤の顔が、おぼろげながら浮かんできた。

「はあ、どうやら、思い出しました。伊藤副使、さま……」

たどたどしい日本語で答えた。それから伊藤は二言三言話したのち、さっさと人混みの中へ消えた。

この邂逅《かいこう》がきっかけとなって、梅子は伊藤家の官邸に住み込み、英語の家庭教師となる。

「さすが十一年間もいただけのことはある。発音はアメリカ人とまったく変わらぬわ」

と、伊藤は舌を巻いた。だがその感心の一方で、より大きな心配事が見つかった。それは片言の日本語であり、日本の文化に対する知識のなさである。

――このままでは梅子はつぶれるだろう。

残念ながら、そう思った。彼女は日本の宝である。いずれ偉大な仕事を成し遂げる逸材だ。しかしその仕事を達成するためには、この二つの弱点を早急に克服せねばならぬ。そこで瞬間的にひらめいたのが歌子であった。

――そうだ。下田教授に預けよう。

時をうつさず桃夭女塾へ赴き、相談した。伊藤というのは実にフットワークの軽い男なのである。

誰よりも信頼している藤公さんの頼み事だ。歌子は快く引き受けた。梅子に英語教師になってもらい、生徒に英語を教えようということに決まった。同時に歌子から個人的に国学について教え、日本語の特訓もし、また習字も教える。逆に梅子は歌子に対し、英語の家庭教師をする。こうして梅子の教育人としての第一歩が桃夭女塾で始まったのだった。

歌子にとっても英語を学ぶ絶好の機会である。持ち前の頑張りで、一所懸命勉強した。梅子の日本語か、歌子の英語か、どちらが早く上達するかの楽しい競争であった。

そして、この二人の良好な協調関係は次の華族女学校でも引き継がれていくのである。明治の時代、多少、歳の差はあるけれど、女子教育界の先駆者となった二人が、こうして同じ場所で同じ時を過ごしたというのは、誠に感慨深いことではないか。もし梅子が夜会で伊藤博文に出会っていなかったら、そしてもし歌子に出会っていなかったら、後の梅子の進路は違ったものになったかもしれない。歴史は二人の偉大な先駆者を必要があって対面させたのである。何と粋《いき》な計らいであろう。偶然といえば偶然だが、歴史の眼から見れば、必然と思えてならないのである。

10　華族女学校時代

西南の役が起こった明治十年、官立学校「学習院」が授業を開始した。国として、華族の子弟は出来るだけ軍人に育て上げるとの強い使命感がある。女子よりも、男子偏重の学是が仕組まれたのも無理はない。打ち続く国内の兵乱に加え、海外列強の脅威も日増しに強まっていく毎日だ。

だからといって、女子は放置しておいてもいいというわけではない。民間では女子教育を望む声がますます高まり、官立も含め、全国いたるところに女学校が開設されていく。ところが華族や上流家庭の女子について、学習院に並ぶような官立の教育機関がない。これが伊藤ら政府高官の悩みの種であった。明治十七年に伊藤主導で「華族制度」を導入したとき、全国で華族の数は公爵家十一、侯爵家二十四、伯爵家七十六、子爵家三百二十七、男爵家七十四、合計五百十二家に上っていた。

美子皇后はかかる女子教育の遅れをかねてから憂慮され、時々気の合う歌子を宮廷へ呼んでは意見をお求めになった。すでに桃夭女塾を経営し、伊藤公ら高官の娘に教えている。教育者としての実績もある歌子には、どの言葉にも誠実さに支えられた説得力があった。

それに最近、アメリカから帰った津田梅子が英語教師となって、そこで教えている。そのことを歌子から聞いたとき、皇后ははからずも感慨の涙で目を曇らせられた。

「あれからもう十数年経つのか……」

と指折り数えられ、梅子らがいよいよアメリカへ出発する前夜、宮中へ招いて激励した五人の少女のことを、懐かしそうに話された。

「津田梅子の面倒を見ておるとのこと、いかにもお前らしい生き方じゃ」

「いえいえ、私は何も致しておりませぬ。伊藤博文公のお計らいでございます」


さて、学校のことに話を戻すが、皇后は天皇陛下とも問題点を共有されていた。

――ぐずぐずは出来ない。早急に華族を中心とした女学校を作らねば……。

いよいよそう御決心なさり、焦る心で改めて宮内卿の伊藤と相談した。その大事業を誰にやってもらうか。頭の中には歌子の存在がある。相方の伊藤とても皇后と同じ考えだが、いかんせん、歌子には看病せねばならない夫がいるのだ。伊藤はそのことに触れ、

「いずれにしても、まだ下田さんは難しいでしょう。ただ、国としていつでも船出できるように、法的、制度的な下準備はしておりますし、いっそう急ぎたいと思います」

と言って、決意の目を向けた。

世の中は何が起こるか予測は難しい。それからしばらく経った明治十七年五月二十三日、事態は急変した。下田猛雄が他界したのである。

歌子は葬儀中、ほっとした気持ちと、「ああ、もうあの人はいないのだ」という寂しさの

あいだで揺れながら、それでも新たな人生が始まるのではないかという計算めいた予感を抱いた。夫の長い闘病生活が、歌子の中に同情という感情を培養させると共に、時には恨みに似た気持ちを持つ自分に驚きもした。しかし、そんな看病生活に耐えるつらさが逆にバネとなって、未来の希望に対する渇望を着実に育んでいたのだろう。

現に伊藤の行動は素早かった。七月にはかねてからの計画通り、四谷仲町の皇宮付属地に女学校用新校舎を建築すべく天皇皇后両陛下の裁可を受け、計画に着手した。そして九月に起工し、翌十八年七月には竣工。同月十一日付けをもって、「華族女学校設置」の勅裁《ちょくさい》を仰ぎ、直ちに御裁可を得たのだった。この校舎用地は今、居住されている赤坂の仮御所から地続きの近さにあった。

一方、歌子に対しても、伊藤は待っていたかのように四十九日の忌《き》が明けたその日、明治十七年七月十日朝、宮廷に呼び、単刀直入に協力を依頼している。

「御身には華族女学校の実質的な責任者として、ぜひ参加願いたい。そのためにも再度、宮中へ戻ってきてくれないか」

と、正式に頼んだ。

歌子に反対する理由など毛頭ない。喜んでお受けした。皇后陛下が望まれていることだとお聞きし、有難くて涙がこぼれた。力強い勇気が湧いて出た。

即日、辞令が作成された。というより前もって準備していたのかもしれぬ。こちらの心中を読まれていたのかと、むしろそれをうれしくさえ思った。この日を期して、再び「宮内省御用掛被仰付」の辞令が下った。しかも別の行に、「奏任官に準じ主事取扱、年俸千円を下賜」と書かれている。歌子が驚いたほどの高給だった。昔、八年前に「命婦十等」の辞令を受けたが、今は「奏任官」となっている。それだけの期待を受けているのだと、身が引き締まる思いがした。華族女学校創設に向け、汗をかく毎日が始まった。

明治十八年九月十六日、歌子は華族女学校幹事兼教授に任命され、同時に歌子の計らいで津田梅子も教授補となる。そして同年十八年十一月十三日、ついに待望の華族女学校が開校した。開校時の生徒は、「学習院」女子部から移ってきた三十八名に、編入試験に受かった歌子の桃夭女塾の生徒六十名が合流し、さらに新規の入学志望者からも選抜して、計百四十三名でスタートした。

校長は学習院院長の谷干城が兼務し、歌子は幹事兼教授である。実際には少し早めの十月五日に仮授業を開始していた。

開校日、皇后陛下は華族女学校に行啓された。午前十時三十分、皇居乾門《いぬいもん》より直ちに馬車を学校正門に進められた。到着後、便殿《びんでん》（天皇・皇后の臨時休憩所）で、谷校長が校舎や授業内容、教師、生徒名簿などについてご説明。その後、各教室を巡覧され、再び便殿に戻って昼食をとられた。午後一時三十分、宮内省雅楽部員の厳粛な奏楽のなか、式場の雨天体操場へ移動され、式が始まった。

最初に皇后が令旨《りょうじ》を読まれた。それから校長、生徒総代、近衛公爵夫人の祝辞が続き、最後に歌子が教師総代として祝辞を奉った。そして、行啓はつつがなく終わり、皇后が皇居に戻られたのは午後四時二十五分であった。

皇后はこの華族女学校をこよなく愛され、心から発展を望まれた。火災後の皇居が正式に完成するまでの三年間だけでも、十六回学校を訪れている。どれも実に気軽なもので、いつも歌子を伴い、近いのを幸い、仮住まいから庭続きの小道を歩いて来られる。授業をご覧になり、音楽教室では琴や洋琴《ようきん》（中国・朝鮮の弦楽器）の演奏に耳を傾け、一時間ほどで戻られるのだ。英語の教授補となっている津田梅子にも、いつも優しくお声をかけられた。

ちなみに梅子のその後の消息だが、英語教師をしていた明治二十二年、学校を休職し、再びアメリカへ留学した。

「わがままを言って申し訳ありません。職を辞して、三年間、フィラデルフィア郊外の大学でどうしても生物学を学びたいのです」

と言う梅子の熱意に、最初は再度のアメリカ行きに反対だった歌子も最後は賛成した。むしろ喜んで送り出したいと考えた。

「私はね、しつこい女です。あなたを諦めませんよ。三年後に必ず戻ってきて、日本で教育者としての道を歩んでほしいと思っています」

そのためにも華族女学校は休職という形にし、しかもその間は給料を支給するという。

「その方が安心して勉学に打ち込めるでしょう。但し、一つ条件があります。向こうへ行ったら、どこかの師範学校で『教授方法』について研究してくれませんか。当校は官立ですから、何かとうるさいのですよ」

と言って、照れ隠しに笑った。

梅子は恐縮のあまり、一瞬返事が遅れた。わがままを聞いてくれただけでなく、破格の待遇を提示してくれた歌子に、感謝の念で声がもつれた。

帰国した梅子は華族女学校に復職した。教授となって八年間勤めたのち、明治三十三年に官職を辞した。そして、いよいよ自分の夢を実現しようと、「女子英語塾」(現津田塾大学)を創立し、塾長となったのである。

華族女学校開校の翌年、歌子は学監に任命され、年俸は千八百円に増えている。それが刺激になっているからではないが、相変わらず早朝から夜遅くまで学校経営の事業に打ち込む日々が続いた。周りから「馬車馬のような勤勉家」と評される熱心さだった。

どう教えれば授業に興味をもってもらえるか、どうすれば皇后が令旨で言われた「孝順貞烈自愛」の徳を身につけてもらえるか。たえず考え、工夫を重ねた。女性の家庭における役割を明確に定め、そこに女性の本分と女子教育の基調を置いた。

外観では先ず生徒の制服を決めた。和服、洋服のどちらを着てもよいが、和服の場合は従来の裳裾姿の服装では礼儀を欠くと考え、海老《えび》茶色の袴を独自に考案し、この袴を着け、靴を履くように指導した。従来の緋袴と指貫《さしぬき》とを折衷した新案の袴で、履物は草履や下駄ではなく、靴と定めた。この袴に靴という独特の服装は、世間から「海老茶式部《えびちゃしきぶ》」と呼ばれるようになり、東京府下の各女学校の生徒たちがいっせいに真似たほどの服装革命であった。歌子は教育者という面だけでなく、新商品開発というマーケティング戦略にもたけていたと言えよう。

目が回るような多忙にもかかわらず、著作活動にも精を出した。女生徒に和文を学ばせるため、「和文教科書」全十巻を出版している。和文といっても、それは文語体の文章を意味し、正しい文法と読解、作文、作歌を課して、竹取物語や源氏物語などの古典文学への理解を深めさせた。また「国文小学読本」八巻九冊なども著わしている。

時が経つのは速い。経営に教授に著作にと、忙しく過ごしているうち、早五、六年が経ち、歌子も三十七歳になっていた。そんな三月十日の朝、大恩ある佐々木高行老伯爵（後に侯爵）から使いの者が来て、屋敷へ来てくれないかと言う。歌子は「何事か……」と思いながら、急いで車で馳せ参じた。

佐々木は宮中顧問や枢密顧問官を務めた後、今は夫妻ともども麻布六本木の自邸で、皇族の子女たちを御養育している。しばらく歌子の多忙をねぎらった後、困ったような、それでいて誇りに満ちた表情で言った。

「きのう天皇に拝謁申し上げたとき、大変なお役目を仰せつかってしもうてな……」

天皇の第六皇女の常宮《つねのみや》昌子内親王（二歳六ヵ月）と周宮《かねのみや》房子内親王（一歳二ヵ月）の御教育掛を申しつけられたのだという。

「御教育の際は完成なった高輪御殿へ教師を呼び寄せるのがよいとおっしゃられ、教師なら女性であるべきで、そうなれば下田歌子にては如何かと、あなたを候補者として御指名なされたのです」

「まあ、私如きが……」

「いやいや、天皇はよく人物を見抜いておられる。徳大寺侍従長ともご相談なさったようで、吾輩も異存はない」

「本当に、私如きでかまわないのでしょうか」

歌子がためらったのには理由があった。このところ自分の出世を妬《ねた》み、大衆新聞や雑誌などで誹謗中傷する記事が出回っている。それも伊藤公など政府高官たちとの性的な絡みをでっち上げるという卑劣極まりないやり方だ。

実際この頃の歌子の給料は年俸二千四百円にはね上がり、別に新聞や雑誌へ寄稿する原稿料、講演料などで二千円と、破格の高給取りとなっていた。そこへいずれ両親王の御教育掛ともなれば、さらに二千円が付加されるのだ。この時代、庶民は一円出せばちゃんとした借家が入手できた。

——ああ、まだある。

と歌子は思った。小学校読本を全国の小学校で教科書として採用させるかどうかの問題では、東京府学務課に圧力をかけるため、警視総監の三島通庸との男女関係を利用したなど、これも信じられないねつ造があった。

佐々木はそんな歌子の懸念を敏感に察知した。

「世間の噂などに惑わされることはありません。あなたの高潔な人柄は、誰もが知っていることですよ。気持ちをしっかり持ちなされ」

と言って、自分も最近、三流雑誌に根も葉もないことを書き立てられたばかりだと、高笑いした。

天皇の先のお言葉は、やはり宮中にひと悶着ひき起こした。同じ皇室中心主義者の中でも、歌子と違う人物を担ごうとしていた勢力が、即座に動いた。市中の醜聞《しゅうぶん》を取り上げ、「人格に疑あり」と反対したのだ。漢字廃止論を唱える文部官僚の西村茂樹や、皇后宮大夫《こうごうぐうたいふ》の香川敬三らは、土方久元宮内大臣や徳大寺侍従長に撤回するよう迫った。

だがこの二人の味方と共に佐々木は敢然と対抗し、さらに谷干城、細川潤次郎（政治家、教育者）、牧野伸顕らが加勢して、長い闘争の後、ようやく歌子で決着を見た。奇妙なことに、この間、歌子に加勢した高官たちの何人かは、個人的な女性関係について新聞紙上で攻撃されたり、歌子と特殊な関係が出来ているのではないかと匂わす噂を流された。

歌子に順風が吹いてきた。

「下田教授にはこの際、洋行してもらうのがいいのではないか」

正式に両親王の御教育を任せるとして、むしろそのためにも早急に歌子を渡欧させ、先進的な女子教育をその目で実地見聞し、さらには広く文明を学ばせてはどうかという声が出たのである。財政的に厳しい状況下ではあるが、賛同者は多く、

「これは皇室のみならず、日本女子教育全体にとっても有益だ」

と判断され、その線で決定された。

当時、日本は国際的に非常な緊張状態にあった。朝鮮半島をめぐって清との対立が深まり、戦争の足音が日に日に近づいていた。政府は軍備増強に向け、軍事費の捻出にしゃかりきになっているそんなさ中で、金のかかる長期渡欧を決めたのである。歌子への期待の高さがうかがわれる。出発は明治二十六年九月十日と決まった。

出発までまだ時間のある一月、五歳になられた姉宮の常宮殿下に御講義申し上げる機会が訪れた。両親王が小田原へ行啓されるのに合わせ、歌子がそちらへ赴いたのだった。そして三月下旬からは高輪御殿内にある学問所で定期的にお教えになった。

その時の講義は、先ず学問に親しみをもっていただこうと、ほとんどが故事を物語り風に分かりやすく読み聞かせている。また追々、実物（理化学の基礎）も取り入れた。ここに項目だけだが、御話の記録が残っている。

三月二十一日
(1) 仁慈について（徳川竹千代、老人をいたわる）。
(2) 勤勉。
三月二十五日
(1) 庭訓（家庭教育）。兄弟は相助けるべし（毛利元就の話）。
(2) 礼譲（礼儀正しくへりくだった態度をとること）。鳩に三枝の礼あり（子鳩は育ててくれた親鳩に敬意を表して、親鳩より三本下の枝にとまる。礼儀を重んじ、親孝行することのたとえ)。

四月一日

(1) 孝感。此佐女、賊を走らす。

(2) 報恩。犬、恩に報う。

四月四日

(1) 慈悲。鈴木右衛門の女、少女を救う（江戸時代の奥羽大飢饉時、私財を投げ打って人を救った)。

(2) 燕と雀との話。

四月八日

(1) 孝節。陶山訥庵（江戸期の儒学者)、母を敬す。

(2) 報恩。老猿恩に感じて名刀を贈る。午後六時から幻燈にて説明す。

四月十一日

(1) 慈譲。少女、獲物を友に譲る。

(2) 報恩。鶴、恩に報いる。

(3) 実物。白梅一重。

この御講義は夏まで続いた。歌子はその都度、心魂込めて綿密に準備した。

明治二十六年九月十日、出発の日がやってきた。華族女学校の学監は当面のあいだ休職となったが、教授の地位はそのままである。別途、洋行費用として、金六千円の大金を賜っている。

さすが前夜は興奮してほとんど眠れなかった。早朝五時には人力車で家を出た。随行者は二人だ。宮内省女官でフランス語に堪能な堀江義子と、庶務全般を担当する鈴木貫一である。風はない。まだ残暑は厳しく、蒸した空気が執拗に頬を撫でた。小鳥が不規則な間隔を置いてさえずっている。その合間に、空間を破るように高らかな鶏の鳴き声が聞こえてきた。

――もうこの声もしばらくは聞けないのか。

そう思うと、感傷の波がじわりと胸に込み上げた。道すがら伊藤博文伯と大山巌伯に門前から挨拶し、新橋駅へ向かう。

駅前の広場にはすでに大勢の人だかりができている。見送りの人々だ。立錐《りっすい》の余地もない。谷子爵夫婦、佐々木孝行翁、西村校長、九条侯爵令嬢らの後ろに、大勢の在校生たちが固まり、賑やかにしゃべりながら、しかし行儀よく待っていた。ほぼ全員が来てくれているようだ。歌子は丁重に挨拶の言葉と礼を述べたが、胸には感謝の念、別れの寂しさ、未来への希望と不安などが不規則に交錯し、いつになく声が高ぶった。

「そろそろ発車ですよ」

と誰かが言ったのを潮に、万歳の声を背にして列車に乗った。有難いことに、佐々木翁を始め、五十余名が同乗して、横浜まで見送ってくれた。

九時二十分、船はボオーッ、ボオーッと、哀愁を帯びた汽笛を洋上に響きわたらせながら、ゆっくりと桟橋を離れた。穏やかな海である。これから一路、東シナ海からインド洋を渡り、最終地である地中海に面したフランスの港町マルセイユへと向かうのだ。

デッキから沖の方をみた。太陽に照らされた見渡す限りの海面が、無数の散りばめられたガラスの破片のようにキラキラ輝いている。そのはるか向こうの水平線上に、弱まりを帯びた白い入道雲が遠慮がちに立ち上がり、挽夏の名残をとどめている。

途中何度か船酔いを繰り返すうち、次第に慣れてきた。持参した源氏物語や枕草子を読んで昼夜の退屈を紛らせた。

単調だった船上生活も地中海に入ると一変し、絵のような風光の明媚さに、目を奪われた。紺碧の海原に浮かぶ大小の島々を近くに、遠くに望みつつ、四十四日の航海の後、十月早々待ち望んだマルセイユに着いた。この頃、こんな詩を詠んでいる。

月もこよひは　みつしほの
光はてなき　わだのはら
はるばるここに　いたりいの
くがぢいづこと　打ちわたす
めしなのみさき　浪もなし
海士《あま》が藻塩木《もしおぎ》　こるしかの
島山かげに　船とめて

中旬にパリへ入り、ここで一ヵ月逗留して、「ああ、これが花の都パリなのか」と、最先端の文化と流行を肌で感じた。ところがこの「最先端」で実にがっかりした発見があった。

或る日、パリ市街を見聞しているとき、不意に上から小さなモノが落ちてきた。ベチャッと音がして、下を見ると、何とコンクリート地面に人糞が叩きつけられているではないか。危うく引っかけられるところだった。案内役の日本大使館の役人は、建物の上の方を見上げながら指をさし、こともなげに言った。

「あの二階の窓から放り投げたんですよ」

「えっ、人糞をですか」

「ええ。最近は下水道が発達して、投げ捨ては禁じられていますが、まだ時々ありますな」

江戸時代の町の方がよほど清潔だったと、歌子は思った。人糞はカメに貯めて、畑にまいて肥料として利用していた。今、東京の街を歩いていても、二階から人糞が落ちて来ることなど考えられない。日本にも進んだところはあるのだと、妙な自信をもった。これから西洋の女子教育制度を学ぶわけだが、進んだところは大いに取り入れるとして、日本固有の優れた倫理観、儒教精神などは誇ってしかるべきであろう。尾籠《びろう》なきっかけだけれど、そのことを再確認させられた一事であった。

歌子は宮中にいたとき、そこで教えているフランス人サラゼンのもとでフランス語を学んだことがある。こうしてパリでぶらぶらするうち、だいぶ語感も戻り、日常会話はどうにかこうにかこなせるようになった。同行しているフランス語の達人堀江義子にほめられたのが何よりもうれしい。

　そうなると、まるで新しい世界が開けたように、俄然、目の前が明るくなり、日々が面白くなった。時々、日本公使館へ寄ったり、女学校や教育委員会などを訪問する日を除き、広いシャンゼリゼ通りを用もないのにうろついてウィンドウショッピングを楽しんでいたのだが、いよいよそうもいかなくなった。最終目的地のロンドンへ出発せねばならない。

　馬車に乗り、道路脇に潜む盗賊に気をつけながら、北方の港町カレーへ向かった。天気はいいし、道中、ワインとチーズ、濃い牛乳、新鮮な葡萄が舌を癒してくれた。緑豊かな牧草の丘陵地がなだらかに続き、放牧された牛たちがゆったりと草をはんでいる。一つの丘陵地が終わればまた次の丘陵地と、女性の撫で肩を連想させる優しい風景が果てしなく続いた。

　時々、古城が見えた。日に照らされている時は眩《まばゆ》いほどの白さを際立たせるが、夕日に映える弱弱しい白さも、何だか中世の哀愁を誘うようで、趣深い。

　数日の宿泊の後、カレーに着いた。ドーバー海峡に面した大きな漁港で、どうも生臭い。天日で干した魚と潮の匂いが溶け合って、それが風に乗り、ぷうんと漂ってくる。この地で一泊したが、夕食に出た舌ヒラメのムニエルは絶品だった。

　ここから十三里（五十一キロ）ほどの海を船で渡って、対岸にあるイギリスのドーバーに着いた。ホワイトクリッフと呼ばれる標高百五、六十メートルの白亜の断崖が、傲然とそびえている。八十数年前、この断崖の壁に幾つも洞穴を掘り、そこに大砲を据えて海に向かって撃ち、フランス側のカレーから攻めて来るナポレオン軍の船団を撃退したという。

「頂上にドーバー城があるんですよ」

という案内人の言葉に、歌子らは子供のような好奇心で石段を上っていった。同じ城でも、天守閣をもつ日本の城とはえらい違いである。西洋と日本では、文化や考え方が異なって当たり前だと思った。

ロンドンでは先ず私塾に入って英語の勉強にとりかかった。だが何を言っているのか、さっぱり聞き取れない。以前、津田梅子から教えてもらったことがあるが、あれは梅子が、優しさゆえに極端にゆっくり話してくれたことを、今になって知った。しかし持ち前の頑張り精神で急速な進歩を見せた。この人物は、科目は何であれ、勉強するのが楽しいのである。四十歳とも思えない馬力の持ち主だ。

運よくサミュエル・ゴルドンという知日派の老夫人と知り合った。ゴルドンは原始キリスト教と仏教の比較を研究する宗教学者で、日本へ来たことがあり、日本に関する著書も出している。若い頃、ヴィクトリア女王の女官を務め、信任が厚かった。来日時、箱根の「宮ノ下」を訪れて大いに気に入り、ロンドン中心街にある四階建ての邸宅に、「宮ノ下」という名をつけたくらいだ。今は多くの日本人留学生に援助の手を差し伸べ、晩年を楽しんでいる。

歌子にもそこのサロン(客間)を気前よく貸してくれた。多少の日本語も話せ、片言英語の歌子とはうまく釣り合いがとれていた。歌子が持つ高い気品と、日本と中国に関する膨大な知識には感服したようだ。二人は急速に理解を深め、親しみを加えていった。

もう遠慮はない。歌子は公私ともにゴルドンの世話になろうと決めた。その目的は二つある。一つは滞在費の節約だ。ホテル住まいが続き、日に日に減っていく貯えを見て、心細くて仕方がない。賢明なゴルドンはそんな心配を読み取り、歌子から相談される前に、進んで歌子ら三人にサロンの提供を申し出た。無料で気前よく貸してくれたのだった。歌子らは言葉に甘え、さっそく翌日にはそこへ身を寄せた。

二つ目は留学目的である。これも率直に話し、助けを乞うた。貴族や上流社会の女性の考え方や日常生活を知りたいのだと言うと、翌週には当代きっての著名貴族であるポートランド伯爵夫人の自宅へ案内してくれた。また歌子の求めに応じ、上流女子に対する教育状況の視察や見学を設定してくれ、一歩一歩、所期の目的をこなしていくのである。

こうしてイギリス社会の内部に入っていくにつれ、教育関連以外に驚いたことがある。それは市民社会の中で果たす女性の役割の大きさだ。中央と地方の議会に及ぼす発言力の強さには心底、驚いた。とても日本の女性にそんな政治的影響力はない。また、いろんな職業に進出し、しかも十分に実力を発揮する機会を得ているのも新鮮な発見だった。「女だてらに」という偏見は存在しない。

――しかし、これは問題だな。

と思った。問題というのは、果たして日本でこんなことが可能かどうかということである。イギリスだからこそ、可能なのではないか。そこには教育を受けた一部の上流女性だけではなく、一般大衆としての女性も等しく教育を受け、女性全体の底上げが図られている。層の厚さがある。だが日本が出来るのは、せいぜい一部の上流女性、つまり華族の女性教育くらいであろう。何十年かかってもイギリスに追いつけないのではないかと、悲観的になった。

この時点で歌子が抱いた感想は、間違ってはいない。その通りだろう。だが歌子は気づいていなかったが、その感想は彼女の知覚の表層的な部分であって、内奥ではしっかりと認識していたのである。なぜなら後に一般女子を対象とする実践女学校を設立し、普通の女子、つまり中流および低層の女子の教育に本格的に乗り出したからである。


歌子が渡英した頃、日本とイギリスの間には気まずい雰囲気が立ち込めていた。ちょうど横浜港を出発する十ヵ月ほど前の明治二十五年十一月、千島艦事件が勃発し、訴訟合戦に発展していたのだ。フランスに発注していた水雷砲艦「千島」が完成し、長崎港から神戸港に向かっていたところ、瀬戸内海でイギリスの商船ラヴェンナと衝突、千島は沈没して乗組員七十四名が死亡したのである。

まだ国際法や海上法規も不備な時代でもあって、やむを得ず日本は上海にある英国領事裁判所に控訴したが、一方的な敗訴となった。

「これは国辱である」

と、衆議院で大問題となり、遂に収拾がつかなくなった伊藤内閣は解散に追い込まれた。国内に反英国の声がいっせいに上がり、それがイギリス側にも伝わって、日本に対する国民感情は悪化の一途をたどっていた。

そんな時期に歌子が渡英したわけで、日本と清国との関係も険悪化するなか、勢い歌子の目は国際情勢に敏感にならざるを得なかった。というより、積極的に情報収集と発信をして、国のためにささやかな一助を捧げたいと考えた。

その一つにヴィクトリア女王への謁見《えっけん》がある。これは出発前から計画していたことで、もし実現すれば、日本人女性として最初になる。日本は女性蔑視《べっし》の野蛮国だと西洋からみなされているが、それは事実としても、今懸命にその是正に取り組んでいるのだと、訴えたいと思っている。日本女性は外面的にはひ弱に見えるけれど、内面では伝統を重んじ、志操堅固で倫理観に富み、家庭を守る良妻賢母だという真実を、自らの口で説明し、自らの行動で示したい。それだけではない。或る意味、それ以上に重要なことだが、この謁見は同時に国の名誉でもあり、国威発揚の場でもあると考えた。

そのための一つの形式美として、歌子は初対面の自身についての外見にこだわった。いや、むしろ女王の注目を引き、日本女性の優雅さを印象づけるため、今日で言うところのマーケティング・ツールとしての考え方を取り入れた。それは日本伝統の着物姿だ。平安王朝の女たちが着、明治の今も皇族女性が着る和装礼服の「袿袴《けいこ》」である。これは袿《うちき》、単《ひとえ》、切《き》り袴《ばかま》、帯、小袖から成り、手には檜扇《ひおうぎ》を持つ。髪は垂髪《ときさげ》である。檜扇とは、宮中で用いられる木製の扇のことで、一方、垂髪は「おすべらかし」ともいい、前髪をふくらませて、後頭部で揃えて束ね、背中に長く垂らしたものだ。それら一式を日本から持参した。

ゴルドンが元女官だったことを知り、女王についての情報や謁見のしきたり、立ち居振る舞いなどについて細かく教わった。だが肝心の謁見許可は、正式に日本公使館を通じて取らねばならない。担当である駐英公使の青木周蔵を何度も公使館に訪ね、依頼するのだが、一向に進まないのだ。

「何しろあなたはイギリス政府が招いた賓客ではありませんからなあ」

とか、

「謁見希望者は世界中から殺到していましてな。もうここ一年は満杯らしいです」

などと、つっけんどんに答え、はなからやる気がないのである。青木は歌子が感情的に嫌いなのだ。そのことは歌子も知っている。国粋的な代表的日本主義者である歌子に対し、青木は欧化主義の筆頭格だ。日本人妻を強引に離縁し、ドイツ在勤中に知り合ったドイツ人のエリーザベトと結婚した。頭の中は西洋礼賛でいっぱいで、古くさい平安朝の袿袴で謁見するなどとんでもないと、裏で盛んに悪口を言っているのを歌子は洩れ聞いている。

――このままでは埒《らち》があかない。

青木公使のさじ加減一つでどうにでもされてしまう実態に、歌子は焦りをつのらせた。

そうこうするうち、遊学期間の一年が迫ろうとしていた。謁見のみならず、教育調査の方もまだまだ時間が足りない。どうしても延長してほしい。それに滞在費の予算もほぼ切れかかっている。歌子はさらに一年の期間延長と予算増額を認めてもらえないかと、日本にいる佐々木翁や伊藤らに手紙を書き送り、訴えた。だが、なかなかいい返事がもらえず、それでも諦めきれずに訴え続けるのである。

一方、佐々木は歌子の度重なる音信に接し、大いに焦慮《しょうりょ》していた。歌子の希望をかなえたいと思っているのだが、反対勢力の力が強く、なかなか思うように進められないのだ。政府の要路に多くのキリスト教高官がいて、彼らは国粋派である歌子の力が増大するのが不満でならない。潰したくて仕方がない。何とかして宮中にこの宗教を広めようと、その影響力を官僚だけでなく、国会議員にまで拡大し、躍起になっている。歌子が邪魔なのだ。そこへ清国との戦争が近づき、国は軍備費用調達で頭を抱えているのである。そんな中での期間延長と増額申請だった。

「諸般の事情にかんがみて、下田教授は予定通り帰国すべし」

そんな正論を掲げて真っ向から反対した。しかし本音はそうではない。

「延長などしてヴィクトリア女王に謁見したら、それこそ下田は箔《はく》がつき、いっそう力をつけて帰国するだろう。この悪夢は避けねばならぬ。逆に延長を認めなければ、自滅するに違いない」

と、歌子の弱体化を望んでいるのだ。そんな状況を知っているだけに、佐々木は慎重にことを運んだ。伊藤と相談し、賛成派の高官や国会議員を一人、また一人と増やす地道な努力を続けていた。

歌子は佐々木翁との交信から、青木公使の言動に合点がいった。欧化主義者ということもあるだろうが、日本の反対勢力のお先棒を担いでいるのではないかと疑った。

——困ったことだ……。

打つ手が見当たらない。前方に暗闇が広がり、落胆の深みにはまっていく。これではゴルドンに顔がたたないと、済まなさと屈辱で胸が泡立った。ゴルドンは千島艦事件にもかかわらず、私的には英皇室とも連絡をとり、今か今かと吉報を心待ちにしてくれている。まさか日本でこんな泥仕合をしているなんて、思いもしないだろう。これは日本の恥だ。伏せておこうと思った。

そんなさ中の明治二十七年七月、遂に日清戦争が始まった。歌子は二週間に一度は日本の新聞や雑誌を船便でまとめて取り寄せ、読んでいる。大使館からも情報が入ってくる。

――とうとう来たか。

と、絶望に近い呻きを洩らした。日中は同じアジアの兄弟国として手を携えるべきなのに、互いに消耗し合っている。これでは敵たる欧州列強に糧を与えているようなものではないか。彼らは貪欲に獲物を求めて東洋に手を伸ばしている危険人物なのだ。ここイギリスにいて、歌子はそんな気配を強く肌で感じていた。

歌子はそんな心境を佐々木翁宛ての手紙で次のように書いている。佐々木や伊藤には日本を取り巻く情勢や気づいたこと、感想などを率直に伝えた。

「……かくのごとき硝煙砲声の間に兄弟の国たる日清相見《まみゆ》ることに立ち至り候事残念千万に候。実に今日親しく欧州列国の大勢を見聞仕《つかまつ》り候へば、敵国に刃を貸し、盗人に糧《かて》をもたらすの感に堪え申さず候……」

戦争一色で塗りつぶされたその年の夏、そろそろ滞在期限が過ぎようとしているとき、佐々木はほんのしばしの延長と経費増額を勝ち取った。だが焼け石に水なのは自明である。かろうじて薄皮一枚つながったものの、希望とはほど遠い。

ところがそんな十二月中旬、焦慮で沈んでいた佐々木に吉報が舞い込んだ。欧米を訪問されていた小松宮依仁《よりひと》親王が十月にロンドンへ入られ、それに随行していた御用掛の長崎省吾が十二月に帰国した。長崎は現地で歌子に会い、その学問の確かさと向学意欲、それに何よりも人柄に感銘を受けた。この人なら皇女方の御教育に十二分の土産を持って帰国するに違いない。生活ぶりも質素だし、乏しい学費でよく頑張っていると感心した。

「あなたの国体論はまれに見る強固なものです。引き続き真の日本精神で欧州の文物に接し、ぜひその長所を培養して下さい。吾輩、微力ながら、期間延長に尽力しましょう」

と言い残して帰国した。そして、すぐさま宮内省の重要人物たちに歌子の活躍ぶりを報告し、滞在延長と学費増額の必要性を精力的に説いて回った。その足で佐々木の元も訪れ、

「閣下は女史の外遊について、最初よりの関係ある方なれば、ぜひともこのことについて、ご尽力あられたい」

と、消沈気味の佐々木の尻をたたいたのだった。

中立的な立場にあった長崎の報告は誰よりも説得力があった。省内の空気は好転し、佐々木、伊藤らの努力もあって、遂に一年の滞在延長と学費増額が承認された。だがこのことは反対派の恨みを深く沈澱させ、後々の歌子復讐に結びつくのだが、この時点では佐々木や歌子の知るところではない。

反対派はいきまき、自らを励ました。

「まあ、だからといって、ヴィクトリア女王が謁見することはなかろう。青木公使によれば、謁見希望者が数珠をなしているそうな」

ところがその後、またもや運命は歌子に味方するのである。その幸運は図らずも日清戦争の勝利がもたらした。

七月に勃発した戦争は、翌明治二十八年三月、日本が清に勝利する形で終わり、世界を驚かせた。極東の島国日本が、東洋四千年の歴史を誇る老大国清をたちまちのうちに撃破した。イギリス中、いや、ヨーロッパ中が大騒ぎになった。それは即、彼らに現状の再認識を迫った。

「このまま日本を増長させるのは危険だ」

と、極東情勢での自国の利害に大急ぎでソロバン勘定をはじかせた。

戦争が終わると、すぐさま下関で講和会議が開かれ、日本は清から、領土割譲（遼東半島、台湾、澎湖列島）と賠償金支払、最恵国待遇の付与を勝ち取り、四月十七日に下関条約が締結された。

しかし内容が明らかになると、先ずロシアが遼東半島割譲に猛然と反発。これにフランスとドイツが加担し、遼東半島を返還せよと主張して、三国による干渉を行った。いわゆる三国干渉である。イギリスは対清国貿易の安定を望み、アメリカと共に自国利益を優先して中立の立場をとった。体力を消耗し尽した日本に、再び外国と戦う能力はなく、伊藤内閣はやむを得ず干渉を受け入れ、遼東半島を返したのだった。

歌子はこの時期、イギリス世論や街中の人々の意見を、佐々木や伊藤に頻繁に書き送っている。青木らの外交官と違い、一方に引っ張ろうとする先入観や思惑がない。一日本人女性としての素直な感想に徹した。だからこそ伊藤らは評価し、便りを心待ちにしたのであった。

三国干渉の前に、こんな一文を送っている。

「……さても日清の戦、我が大勝利はこの上なき幸いながら、日本すでに侮るべからずと見れば、各虎狼（欲が深く残忍なこと）の欧州人は、暗に支那をおだてて、わが為に不利を図り候ことは、鏡にかけて見るが如くに候間、なにとぞわが政府の十分強固に百年の善後策を論ぜられ候ことをのみ祈り入り候……」

三国干渉こそあったものの、全世界を驚嘆させた日本の一大快事は、条約改正交渉なども含め、あらゆる不利な国際条件を好転させる原動力となった。好む好まざるにかかわらず、どの国も日本の底力を改めて見直さざるを得なくなった。現金なものである。それはイギリスでは即、ヴィクトリア女王との謁見につながったのだ。下関条約からわずか三週間後という速さで実現したのである。もはや青木周蔵公使の出番はなかった。

明治二十八年（一八九五）五月八日。謁見の日である。前日の雨はぴたりと止み、目が覚めるような青空が広がっている。歌子は馬車を駆り、冷やっとした空気を頬に浴びながら、セント・ゼームス公園脇を通ってバッキンガム宮殿へと向かった。華やかに装いたてた馬車百十数両が、軽快な蹄の音を残しつつ、長い尾を引いて進んでいく。

宮殿の鉄門をくぐると、幾人もの衛兵が直立不動の姿勢で出迎えてくれた。白金の冑の上部に長い黒色の羽毛を飾り、それを冠って、鎧の胴を思わせる赤い上着を着、まるで歴史絵画の中から抜け出したように厳めしく、鮮やかである。

しかし歌子の姿もそれに劣らず、いや、それ以上にあでやかだった。袿袴を着用し、平安王朝時代の官女そのままの姿で、光り輝いている。何と絢爛豪華な眺めだろう。晴れの舞台で、世界の覇者、イギリスに堂々とたった一人で対峙しているのだ。翌日にはロンドン・タイムス以下の大新聞が、「戦勝国日本の女性の伝統的正装」として大々的に紹介したという。

謁見控えの間に入ると、しばらくして、並んだ官人の中の誰かが、朗々たる声で歌子の名を呼んだ。歌子は緊張で激しく鼓動を波打たせながら、それと懸命に戦いつつ、しずしずと女王の前に進み出、勧められるまま椅子に座って対面した。

女王は七十歳有余で白髪であるが、実に艶やかで、終始温顔を絶やさずに話された。歌子は大使館が付けた日本人通訳を使い、時には自らも片言の英語でしゃべった。それが女王にはことのほかうれしいらしく、そのたびに身を乗り出し、大きく首を振ってうなずかれる。

話題は女王からの質問という形で次々と広がった。先ず今回の戦争のことから始まり、去年イギリスと締結した日英通商航海条約（治外法権の撤廃）についても訊かれた。歌子は日本政府の意図から逸れぬよう気をつけながら、自分の意見も交えてよどみなく答えた。「よどみなく」というのは、日頃、伊藤や佐々木、井上、山県らと闊達な議論を交わしていたので、抵抗なく、というより、まるで自分の脳に伊藤らが入っているかのような感覚で、自信にあふれた言葉が出たのだった。軽い息苦しささえ伴う幸福感を覚えながら、すっかり自分を取り戻し、次々と話す言葉を頭の中で事前に咀嚼《そしゃく》する余裕もできた。

　それから、話題は歌子の私生活へと移り、旅路の折々の出来事や、ロンドン生活のこと、東洋の婦道とは何か、日本のサムライ道のこと、そして最後は歌子が着ている袿袴について、話がはずんだ。拝謁の時間は長くはなかったが、歌子は女王の質問に十分に答え、同時に日本という国、そして日本の女性について正確に奏上した。女王はこの珍しい東洋からの訪客に大いなる関心を寄せ、いろんな意味から、非常な興味を持たれた様子であった。

　歌子も同様に女王に対して無条件の好意を抱いた。そんな二人の波長が合ったからなのか、女王はその後もしばしば歌子をバッキンガム宮殿やウインゾル宮殿へお招きになり、一時間、時には一時間半もいろんな話をされた。御陪食を仰せつけられることもあり、歌子にとってこの上ない名誉であった。

　ドーバー海峡に話題が及んだ時のことだ。女王が「ああ、そういえば」と言いながら目を細め、懐かしそうに地球儀の上のその地点を指さした。

「昔この海峡に海底トンネルを掘ろうと思ったことがありました」

「えっ、海の底にですか」

「ええ。もう四十年以上も前の話ですけどね。フランスのナポレオン三世のご招待でパリへ行って話し合いましたの」

　ドーバーとカレーのあいだに海底トンネルを掘ろうという壮大な計画だ。ちょうどクリミア戦争でロシアに対し、フランスと同盟を結んだところだし、一八一五年のワーテルローの戦いの記憶も時と共に薄れてきたことで、両国は急接近しつつあった。そんな背景を説明した後、女王はなおも続けた。

「私、あのとき本当に乗り気でしたわ。ドーバーからカレーへ行くまでのあいだ、ひどい船酔いで、死にそうでしたから」

と言って、上品そうに笑われた。歌子もぱっと白い歯を見せ、微笑み返した。

「それで、もう船に乗らなくてすむと思われたのですね」

ところがその後、イギリスではインドとの貿易航路を求める産業界の欲求が増大し、スエズ運河計画の方へ次第に国の関心が移ってしまって、結局、ドーバー海峡トンネル計画は頓挫したという。歌子は、こんなところにトンネルを掘るなんて、西洋の技術力の高さに空恐ろしいものを感じた。

そういえば、先ごろ見学した製鉄所の光景は圧巻だった。真っ黒の煙をもくもくと吹き上げ、高炉から運ばれてきた溶けた銑鉄の熱湯が、トーマス転炉と呼ばれる巨大な釜に入れられ、次々と鋼が作られていく。それが鉄道となり、船となり、大砲となるのだ。

――果たして日本は彼らの侵略を食い止められるのだろうか。とても無理ではないか。

女王と話しているあいだも、そんな問いかけがしつこく頭にこびりついた。

或るとき女王から、孫娘にあたる十三、四歳の王女が、名もないロンドンの下町にある女学校に週に三回通学し、他の生徒と全く同じ条件で、衛生と生理の科目を学んでいると聞かされた。これは歌子にとって、天と地が逆さになるくらいの驚きだった。この女学校には後で見学に行って自らの目でそれを確かめている。また王女やその孫娘たちには食事や裁縫などは自分でするように躾けていると聞いた。

それからも歌子は精力的に多くの女学校を訪れ、授業を参観し、一方、貴族や上流階級の家庭も訪問して、女子教育の実態についての知見を深めている。

中でも徳育と情操教育に力を注いでいるのには深く考えさせられた。独立心は小さな子供時分から植えつけられる。また女子の婚期が日本のように早くはないので、結婚までに十分な学問と家政を学ばせることが出来るという。徳育については、その基礎はキリスト教という宗教にあり、その目指すところは愛国の精神なのだ。そのためどの小学校教科書の如何なる学科を見ても、敬神と愛国の観念を養う文字と絵で埋められている。

だからといって、日本がそれ、つまりキリスト教を模倣するのは危険だと思った。国にはそれぞれ固有の文化というものがある。日本人の後ろには儒教倫理と国学の精神があり、それを支えとして、皇室中心の国を愛する愛国心を養成せねばならない。戦争を礼賛するというのではない。戦争を起こすのは愚策である。自分は戦争には反対だ。だが食うか食われるかのこの列強の時代、愛国心なくして国の存続はあり得ないのだ。それはイギリスを始め、西欧列強が身をもって教えてくれている、と思った。

知育と並び、運動の重要さも学んだ。貴族の女性たちが乗馬などで日々体を鍛えている光景に目を見張った。さらには休みの日、貴族の夫人や娘たちが頻繁に貧民街や孤児院を訪れ、慈善事業に打ち込む姿には感動した。このように知、徳、体の教育に加え、慈善という恵まれた者が恵まれない者に施す行為は、上流階級には不可欠な条件なのだと認識したのだった。

しかしそんなあいだにも歌子は頭を悩ませていることがあった。英語の通訳をしてもらっている望月小太郎のことである。公使館の尾形書記官から紹介してもらったのだが、慶應義塾を終えた後、ロンドン大学で学び、今はミドル・テンプル大学で法律を学んでいる勉強熱心な青年だ。この望月が歌子に好意を寄せ、思い詰めているふうなのだ。歌子にしても長く日本を離れ、心の寂しさは否定できない。そこへ望月がそんな寂しさの空白を埋めるようにひょいと現れたのである。

いっとき歌子も心を惹かれかけたが、年齢が自分より十歳も下だということが理性を取り戻させた。

――この青年の将来を考えても、好意を受け入れてはならない。

そう決心し、深入りしない時点で断った。だが望月は諦めきれず、乏しい資力の中からたびたびプレゼントを寄越すので、歌子も必ず同額のものを返し、同時に言葉でも交際の意思がないことを伝えるのだった。

歌子としては、もうすぐ日本へ帰る日が来るし、一時的に燃え上がった望月の熱情も自然のうちに消えるだろうと考えていた。そして現にそうなったのである。

ところが思わぬ副作用があった。それは歌子の知らないところで起こった副作用で、或る意味、致命的なものだった。歌子の評価を落とす作用をしたからだ。反歌子派の勢力が、さも望月と特殊な関係があったかのように日本側に伝え、たちまち噂が広まった。そんなことをつゆとも知らず、歌子は帰国の準備にとりかかるのである。

ちなみにこの日本での噂だが、はるか後に幸徳秋水がこれに飛びつき、平民新聞紙上で込み入った恋愛沙汰に仕立て上げて歌子攻撃に使った。歌子が純情な年下青年を快楽の対象として弄ぶという構図である。その意味で、歌子にとって「致命的」と言っても的外れではなかろう。

そうこうするうち、とうとうイギリスを離れる日が来た。親身も及ばぬ面倒をみてくれたゴルドン夫人、女子教育界の現状視察で多大の便宜を図ってくれたミス・キヌヤード女史、上流家庭の見聞を得るために、快くその暖かい一家を開放してくれたポートランド伯爵夫人、その他大勢の恩人たちに別れを告げ、まだとどまりたい感傷を振り切るようにして、東への帰路についた。

ドーバー海峡を再び越えて、学校施設の見学方々、順にフランス、ブリュッセル、ドイツ、イタリア、スイスと回り、いよいよ大西洋を渡ってアメリカへ入った。それから、カナダを経由し、明治二十八年八月二十日の暑い盛り、ほぼ二年ぶりで無事横浜港に帰着した。湿気で蒸《む》れたムッとした暑さなのに、むしろ皮膚がそれを迎え出るかのような寛《くつろ》ぎと懐かしさを覚えた。

——ああ、日本に着いたのだ。

やはり自分は日本人なのだと、待ち構えている前途の困難に挑戦する喜びを胸に躍らせながら、額に滲んだ汗を手の甲で心地よくぬぐった。

帰国後すぐに華族女学校学監に復職し、図らずも高等官四等四級俸の高みへと昇格した。教授職はそのままだったので、再び学監兼教授としての忙しい毎日が始まった。一方、常宮、周宮両内親王の御教育に先立ち、歌子はその御教育方法について、建白書を提出している。「内親王殿下御家庭教育に関し、常宮周宮殿下御養育主任、佐々木高行殿よりの下問に対する鄙見《ひけん》」

と題した長文の意見書を書き、佐々木老侯宛てに出した。「鄙見」とは自分の意見をへりくだって言う時の謙譲語である。恐らく天皇もご覧になられるだろうと憶測した。

これは歌子一世一代の力作であった。今回の留学で得た知見を基に、さらに華族女学校学監としての経験に立脚して、可能な限りの蘊蓄《うんちく》を傾けて練り上げた。大判の美濃紙三十余枚を使い、余白のないほどぎっしり一杯に、毛筆で謹厳に清書した。

その骨子は七項目から成り、それぞれ具体例を付して詳述している。教育の要とはから始まり、続いて女子教育の精神、我が皇室従来の女子教育、欧州皇室の女子教育、欧米徳育の基礎、日本女子教育の将来、内親王殿下の御家庭教育へと筆を進める。

とりわけ歌子が強調した点は、「体育」の重要性だ。これまでの皇室の女子教育は、「知育」と「徳育」の二点にのみ注力し、人として最も大切な「体育」の方面を閑却《かんきゃく》してきたと直言する。欧米ではそうではない。学問の日課が終われば、必ず戸外に出て運動し、市中郊外にも遊びに出る。国内外へ旅行もし、したがって貴女といわれる人々には、驚くほど長命者が多いと説いた。

　これは従来の皇室女子教育のやり方を批判する、実に大胆かつ画期的な提言だった。そして最初の学年で習わせる必須学科として、修身、読書、実物（理化学の基礎）、算術、習字、図画、唱歌をあげた。

　帰国してみて、歌子は民心の変貌ぶりに驚いた。というより慨嘆《がいたん》した。

——ああ、こうも変わったものか。

　国民全体が皆、戦勝に酔いしれ、増長し、俄かの「成金」国意識で満ちている。足元をしっかりと踏みしめていないのだ。国力から見て三国干渉はやむを得ないところなのに、真の理由を直視しようとせず、ただ分をわきまえずにわめき、力んでいる。

　人間性も変わってしまった。ともすれば軽薄さや、実質を伴わないうわべの華やかさに流され、それに気づいていない。維新までは武士道としての人間性を完成することに教育の目標が置かれていたけれど、今はいたずらに西洋の物質文明を模倣、導入することに急なあまり、人間としての鍛錬をすっかり忘れてしまった。

　ことに女性の思想はおびただしく自由主義化し、無節操になった。自由のはき違えも甚だしい。それは街中の繁華街に出てみれば明らかだし、男女間の交際についても、奔放に走り、欧化の表面だけを追っている。我が国固有の良風や美徳がないがしろにされていると思えてならない。歌子は佐々木や伊藤が催してくれた帰国歓迎会の席上で、直言した。

「直訳的な西洋文明への傾斜は危険です。戒めねばなりません。今こそ日本古来の婦徳の長所を生かすべく、新時代の女子教育の在り方が求められています。よほどしっかり教育せねば、これからの日本は西欧に対抗できないでしょう」

「あい、分かった。だからこそあなたに留学してもらったのじゃよ。よろしく頼む」

伊藤はそう言って、相変わらず美しい歌子を頼もしそうに見た。歌子は深く頭を下げ、自分をこれほどまで信頼してくれている伊藤と佐々木に対し、御恩の返しようがないほどに有難く思った。

危機感を抱いた歌子は、さっそく手始めに自ら鉛筆をなめなめ、華族女学校の「生徒心得」十九ヵ条を作成し、成文の生徒遵守条項を定めた。これはその後、女子学習院の学生心得として残り、後の学習院へと引き継がれていく。

そんな翌年の明治二十九年五月二十日、正式に両内親王の御教育掛の宮内省辞令が発令され、すぐさま二十六日から高輪御殿学問所で最初の小学科教育が開始されたのである。このとき奏任官待遇で堀江義子も御用掛を拝命し、その後、小川直子も加わって、講師の陣容が整えられた。そして、同じ年の十二月、歌子四十三歳の時に晴れて「正五位」に叙せられている。

ところがいいことばかりが続くとは限らないものだ。正五位になってすぐの十二月三十一日、年の最後の日に歌子は自宅にあった家財道具いっさいを執達吏によって差し押さえられた。女子であれだけの天下一の高給取りでありながら、実は借金で首が回らなかったのだ。

その理由は単純で、あちこちへ寄付をしていたということと、教科書出版が思うように進まず赤字になったためもあるが、それと並んで弟の鋳蔵が巨額の借金をこしらえ、その保証人になっていたことが大きい。歌子は持ち金すべてと家財道具で完済した。

でこの鋳蔵だが、人が良くて意思が弱く、そこへ女性にだらしがない。大正十二年、六十四歳で亡くなるまで、借金を繰り返して、そのたびに歌子の世話になったという。歌子にすれば、たった一人の弟が不憫でならず、見放すことが出来なかったのだろう。こんな悩みを抱えながらも、歌子は教育事業に驀進していくのである。その気概たるや、尋常ではない。後に平民新聞が鋳蔵の一件を取り上げ、針小棒大に揶揄《やゆ》したのはいつも通りのことだ。

さて、先の御教育掛の話に戻るが、この週三日の御進講は周宮親王がご成婚される約一ヵ月前の、明治四十二年三月二十四日まで、ほぼ十三年間の長きにわたり続いた。この明治四十二年というのは、ちょうど歌子が世間から非難の石を投げつけられていた時である。平民新聞で叩かれたのが四十年二月から四月にかけてであり、乃木院長による解任が十一月であった。四十二年は大逆事件の一年前で、まさに歌子に対する逆風が吹き荒れていた。こんな時期でも皇室はひたすら歌子を信じ、親王の御教育をまかせられていたのだった。

このように歌子は前向きの仕事や後ろ向きの対応も含め、あれもこれもと超多忙であった。御教育掛を務めながら、華族女学校にも学監兼教授として全力で奉仕していた。この華族女学校は後年、明治三十九年四月に学習院に統合され、学習院女学部となるが、そこを解任されるまでの一年半ほど女学部長を務めている。

11　満を持して実践女学校を創立

帰国して三年余り経った明治三十一年十一月、歌子は帝国婦人協会を設立した。イギリスでは上流階級だけでなく、一般家庭の女性の教育水準も同様に高く、これには驚嘆した。会議に出ても、男子に決して負けていない。その堂々たる自己主張の議論を見て、とても日本はかなわないと思った。これでは軍事的にも経済的にも、太刀打ちできないだろう。女性の地位向上が急務である。教育を受けた一般女子の存在、この広範な集団こそが国を支えているのだと、痛感した。

——これを日本でも始めたい。

その思いは留学中から温めていたが、帰国後、一段落すると、その構想にとりかかった。そのために先ず考えたのは、婦人協会の設立だった。日本では婦人の団体組織はほとんどが、その構成員と活動の対象を上流婦人に限っている。

この限界を打ち破り、上流、中流、下流にかかわらず志を同じくする者が一つになって、一般女性の教養と自覚を高め、同時に実業に就かせて生活を改善、向上させねばならない。それを実現するための手段として、帝国婦人協会を設立したのだった。後に愛国婦人会や国防婦人会などの全国的な大規模婦人団体が出現するけれど、その源流をたどれば、歌子が作ったこの帝国婦人協会に行き着くのである。

設立に先立ち、歌子は佐々木翁に相談し、お伺いを立てている。上流家庭の女子にはすでに華族女学校があり、皇女教育も行っていると前置きして、言った。

「お陰様で華族女学校は軌道に乗って、十分に目的を達していると思います。しかし今回は対象を上流、中流以上の婦人層ではなく、教育を受けられない下層階級の普通一般の婦人にしたいのです」

「ほう、下層階級ですか。まったくこれまでにない画期的な発想ですな。これは、ぜひやってもらわねばならんでしょう」

歌子は小さく頭を下げ、感謝の礼を返した。そして居住まいを正すと、伏し目がちの恐縮した固い目を向けた。

「つきましては誠に勝手なお願いで恐縮ですが、華族女学校を、そろそろ退かせていただいてもよろしいでしょうか。この新事業の方に専念したいと存じます」

「おやおや、そういうことですか。それはなりませんぞ。華族女学校も両親王御教育も新事業も、ぜんぶやってもらわんと、いけません。あなたの馬力なら、それくらいやれるはずじゃよ」

と言い、期待を込めた優しい目で再度、歌子の瞳をのぞき込んだ。

佐々木翁の言葉は歌子の背中をぐいと押した。迷いが消えた。帝国婦人協会の構想実現に向かって猛然と走り出した。こういう時の歌子はまさにイノシシの勢いである。会長には歌子自らが就任し、総裁は皇族とした。理事や評議員、顧問らには錚々たる政官財の人たちが名を連ねた。会員には「地位資格を問わず、何人たりとも」なれるとし、皆で力を合わせて発展させていこうという意図が読み取れる。全国に支部を置き、広く会費を募った。

主要な事業活動に教育部門を据え、実践女学校と同付属慈善女学校、女子工芸学校、同付属下婢養成所の四校を同時開設しようというのだ。組織が一段落したところで直ちに設立願いが出され、四校とも三十二年五月初めには認可されて、その月の七日をもって正式に発足した。

このうち実践女学校と女子工芸学校は、後に実践女学校高等女学部、実践女学校実科高等女学部となって、幾度かの学則改正を経て現在の実践女子学園の基礎を作っていったのである。東京市麹町区本薗町二丁目四番地に開校し、校舎は旧海軍予備校の校舎を修復して使用した。直ちに生徒募集を始め、入学試験を経て、五月七日、両校合わせて四十名の入学式が執り行われた。

実践女学校の修業年限は五ヵ年とし、

「修身斉家に必須なる実学を教授し、以て良妻賢母を養成する」

のを目的とした。また女子工芸学校は本科三ヵ年、専科二ヵ年で、

「処世に必須なる実学、技芸を教授し、兼ねて自営の道をも講ぜしめる」

と規定した。このようにして歌子が唱える一般女子を対象とする実学実践の学校生活が始まったのだった。

実践女学校の教科を見ると、修身、読書（国文、漢文）、地理歴史、算術、理科、家政、裁縫、図書（絵画）、習字、外国語、音楽、体操などとなっている。一方、女子工芸学校は、修身、読書、算術、理科、地理歴史以外に、裁縫、編物、刺繍、造花、挿花、速記、看病法、割烹、写真術などの実技が選べた。

明治三十四年三月、初めて八名の女子工芸学校卒業生が誕生し、実践女学校でもその後十八名の第一回卒業生を送り出した。その後、徐々に全国から生徒が集まるようになり、それに対応すべく寄宿舎も付設した。だが生徒の数は増え続け、現在の仮校舎では手狭となった。どこかへ移転せねばならない。

そこで候補として浮かび上がったのが渋谷区常磐松町だった。歌子が探し出してきたのだが、この付近一帯は宮内省の御料地である。昼間でさえ人声が聞こえず、ひっそりと静まり返っている。以前宮内省が皇室御料の乳牛を飼育していた場所で、今は鬱蒼とした樹林と草原が広がっていて、人の住むところとは思えない。

副校長で入ってきたばかりの青木文蔵が、草原の雑草をかき分けかき分け、辺りを見回しながら、気の進まぬふうに歌子に言った。

「どうなんですかねえ。ここはちょっと場所が悪すぎませんか。どう見ても、狸か狐しかいませんよ。市電の駅もないし、第一、生徒の通学が困難です。今の麹町付近からはとても通えません」

「でも、私たちが必要な二千坪というまとまった土地は、そうざらにはありませんのよ。そうだ。青山の高樹町に空き家の私邸があるので、あそこを借りて、寮にしましょう」

「ま、百歩譲ってそうするにしても、果たして土地をお国が貸してくれるのかどうか……」

歌子が微笑みながらうなずいた。

「そのことなら大丈夫。事前に宮内省の田中大臣に御相談してあります。まだ内密ですが、根回しをしてくれるとのお約束をいただきました」

宮内省の許可は予定通り下り、時を置かず土木の基礎工事が始まった。カーンカーンと工匠《たくみ》がふるう元気な槌音が、静寂を破って、枝に憩う小鳥たちを驚かせる。

歌子は寸暇を惜しんで設計図に目を通し、現場へ足を運んで進捗具合を検分した。そしてようやく三十六年春、広い樹林と草原の真っただ中に、待ちに待った鉄筋コンクリート造りの新校舎が全貌を現した。青空を背にコンクリートの清潔な白さがくっきりとした輪郭を描き、まばゆいほど浮き上がって見える。豪壮で、何か決然とした意志を感じさせ、それでいて優雅さを保っている。いかにも女子教育の将来への希望と意気込みを抱かせる一幅の絵だった。時はちょうど日露戦争の一年ほど前のことである。

このとき在校生は実践女学校と女子工芸学校を合わせて四百七名いたが、三月に六十六名の卒業生を出したので、まだ三百四十一名が在籍している。引っ越しを前に、生徒のあいだで意見が割れた。新しい校舎を目の当たりにして、ぜひそこで学びたいと飛び上がらんばかりに雀躍《じゃくやく》する者がいる一方、あまりの不便さと寂しい郊外風景に、さながら都落ちのような侘しい思いに落ち込む者や、行きたい気持ちはあっても通えないので諦める者など、動揺と興奮が渦巻いた。

「みなさま、よおく、お考えあそばせ」

と、歌子は生徒の自由選択に任せた。そして常磐松へ移れない二百名ほどには親身になって転校の斡旋をし、三輪田女学校（現三輪田学園）と女子文芸学舎（現千代田女学園）と交渉をして、そこへ転校させた。短い時間のあわただしさにもかかわらず、両校は好意的に接してくれ、感謝のしようがないほどの恩義を胸に刻んだ。

歌子にとって常磐松移転は将来の発展をにらんだ断腸の決断であった。リスクはあるけれど、それをカバーする以上の可能性を予測した。

「今は陸の孤島ですが、いつか必ず人が住み、発展するでしょう」

生徒や父兄にそう説明し、理解を求めた。こうして明治三十六年五月七日、残った麹町時代の生徒と共に新校舎での開校式に臨んだのである。寄宿生たちには予定通り高樹町の私邸を借り上げ、八十余名を住まわせた。

非常に不便な土地であったが、幸運なことに、青山七丁目までで止まっていた市電が、それから八年後の四十四年、渋谷まで延伸した。神田須田町から渋谷まで開通したことで、一気に便利になった。渋谷の発展が始まったのである。

ともあれ、歌子は多忙を極めている。華族女学校へ行くかと思えば、常宮・周宮両親王の皇女教育のお勤めもせねばならず、帝国婦人協会の会務や地方への講演旅行もある。愛国婦人会という団体の責任者の一人にもなっている。

それに加え、実践女学校では校長としての経営と、ここでも華族女学校と同様、自ら倫理や道徳、国学などの学科を教えていた。その間、政府高官らと会って、これからの日本はどうあるべきかなど、国際情勢について議論を交わしている。一つの体でよくもこれだけの仕事が出来るものなのかと驚く。そのうちどれ一つとして手抜きをしない徹底した生真面目さがあった。

例えば源氏物語の講義。如何にすれば聴衆に興味をもって聞いてもらえるか、歌子はその視点からの工夫を凝らした。国学界の第一人者として著名な教授はあまたいるが、彼らとは異なる独自性を見つける努力をした。

源氏物語を分かりやすく解釈、講義するだけではない。違った角度からも分析するのだ。物語を机上の学問としてだけでなく、一つの「教科書」として使った。若い女性に社会の常識を教え、男性というものを説き、男女両性の差について、心理と生理の両方面から解説する。物語に出てくる女性を、中国や西洋など古今東西の女性と比べてどこが同じでどこが違うのか、鋭く批判した。そこへ日本の宮廷事情とイギリスのそれとの比較を織り交ぜて話すので、まるで源氏物語に登場する平安女性が紙面に躍動するかのような、臨場感あふれる講義なのである。生徒たちはその面白さに心を奪われ、酔ったように聞き入った。

この頃、社会はまだ女子が職業に就くのを侮蔑《ぶべつ》し、女子職業の門扉は固く閉ざされていた。だが歌子は意欲ある女子学生には熱心に就職を勧め、励ました。その一人に時事新報へ入った大沢豊子がいる。後年、「永田町時代の下田先生」と題した史記にこう記している。

「……当時まことに姑息《こそく》、因循《いんじゅん》（古い習慣や方法などに従うばかりで、それを一向に改めようとしないこと）なりし私が、進んで男性の中に突入して就職したのは、まったく先生が『女子職業の開拓のために奮起せよ。時事新報ならば必ず、福沢先生の余薫（先人が残した徳）があろう。先生は婦人の擁護者である。大人格者である。時事新報を辱《はずかし》むるな。事あるときは毅然として起て』と激励された。その御語《おことば》を力に断然決心して入社したのであった。当時上流婦人の教育に従事された先生は、又かく一般婦人の往くべき道も、時代に率先して指導されたのであった……」

大沢豊子は長いあいだ東京女性記者界の花形として活躍した。


ここで歌子が気をもんでいた国際情勢に目を転じてみよう。

日露戦争の前であるが、老大国の清は日本との戦争に敗れて以後、いよいよ西欧列強の草刈り場となっていた。明治三十年十一月、山東省で起こったキリスト教会襲撃事件を理由に、ドイツが一方的に膠州湾を占領した。翌年には今度はロシアが、ドイツの侵略から清を守ることを口実に、旅順と大連を占拠。それを見てイギリスも遅れてはならじと、同年に威海衛を租借し、三十二年になると、フランスが杭州湾を租借と、矢継ぎ早に列強諸国による利権争奪が展開された。歌子は胸が引き裂かれる思いでこの成行きを見守っていたのだった。

――イギリスにいた時に恐れていたことが今、現実に起こっている……。

東洋の危機が刻一刻、迫ってきつつある。この勢いでいけば、清国だけでなく、いずれ朝鮮、日本にも攻めてくるに違いないと思った。それを防ぐためにも、この三国は協力していかねばならないのだが、そうはなっていないのが何とも歯がゆい。国際政治というのは難しいものである。その間にも列強は国益という名のもとに、他国を侵略するのに迷いはない。

だがさすがに遅れていた清も事態の深刻さには憂慮していた。真剣に議論し、ささやかな手を打っていた。これまで西洋の科学技術を導入して、国力増強をめざす「洋務運動」に励んできたのだが、これだけでは国を救うことは出来ない。それはなぜなのか。そこで浮かび上がったのが、あれほど嫌い、軽蔑してきた日本だった。

「あんな小国日本がどうして強いのか。その強さの秘密はどこにあるのか」

先ずそれを知った上で、全国的な改革運動へと導いて、いずれ独立をめざそうではないか。そのためには若者に日本の精神をじっくり学ばせる必要がある。どうして意識の近代化に成功したのか。それを学ぶため、日本へ留学生を送ろうと決めたのである。

明治二十九年三月、初めて十三名の留学生を派遣してきた。歌子が英国遊学から帰ってきたばかりの頃だった。文部大臣の西園寺公望は、東京高等師範学校長の嘉納治五郎（講道館柔道の創始者）にすべてを託した。嘉納はその三年後、留学生の増加に対処するため、「亦《えき》楽《らく》書院」を東京牛込に開き、後にこれを弘文学院と改めて、多くの留学生を学ばせている。魯迅（一八八一〜一九三六）もそのうちの一人であった。

湖広（現湖北・湖南省）総督の張之洞は「勧学篇」を出版し、日本留学の必要性とその利点、強者日本の理由などを説いて、日本への留学と日本の出版物の翻訳を勧めた。そして明治三十一年、戊戌《ぼじゅつ》の政変（クーデター）で西太后が政権を握ると、留学生の数は増加の一途をたどっていく。

この動きに胸を躍らせていた歌子は、すでに明治三十二年から実践女学校を経営していたが、時来りとばかり積極的に呼応した。先の張之洞と連絡を取り合い、意見交換をして親交を深めた。部下である実践女学校舎監の時任竹子の縁につながる辺見勇彦にも会い、渡清を勧めている。

「アジア民族の大同団結のために、あなたがなすべきことは多くあるはず」

と説き伏せ、辺見は清へ渡るのである。そこで六百人もの現地人に日本語を教え、日本の理解者を養成した。そして後年、日露戦争の時は馬賊の頭目となり、満州義軍を率いて日本勝利のために大いに活躍したのだった。

歌子は自らも七、八名の教職員と中国語の勉強をしている。当時、早稲田大学の学生であった戢翼翬《しゅうよくき》を講師に招き、毎週学んだ。また明治三十四年には辺見と戢翼翬に、自身も資金を出して上海の四万路地区に作新社という出版社を興させた。青年層に新しい知識を普及させようと、雑誌「大陸」を発行し、それ以外に、自著である「家政学」をはじめ、知人の成瀬仁蔵による「女子教育論」などの翻訳出版も始めた。

この成瀬仁蔵は日本女子大学の創始者であり、後年、平民新聞で叩かれた教育家である。幸徳秋水という人は、歌子と関係のある人物はよほど気に入らないとみえ、片っ端から攻撃の的にしたようだ。

歌子は後の辛亥革命の指導者で日本に亡命している孫文にも、たびたび会っていた。孫文が歌子宛てに出した手紙が残っている。書かれた年代はよく分からないのが残念だが、「十月十三日、内幸町一の五、旭館」というところでしたためられたようである。

「下田先生左右、茲有少年女子傳文郁、此次頗盡力、干国事国内不能容身、来貴国欲従事学問、執事素熱心、女子教育可否、設法安置特介紹、張継君前来面訊、祈指示、一切為幸此上、即頌

日安

孫文」

漢文の日本語訳を以下に記す。（ ）内は筆者が補筆した。

「下田先生のお手許に。ここに若い女性の傳文郁という者がおります。このたび大変尽力してはみましたが、（私自身が）国事のために（清国に）身を置くことが出来ません。彼女は、日本に赴いて学問に従事することを欲しています。また、彼女は、物事に臨んでは生来、大変熱心であります。（実践女学校にて）女子教育が可能かどうか、方法を模索して、便宜を図り、特に（東京専門学校（後の早稲田大学））を卒業した）張継君という者を紹介させていただき、先に（下田校長のもとに）遣わして、お尋ねしたいと存じます。ご指示のほど、お願い致します。すべてうまく参りますことをお祈りしています。

敬具。　孫文」

孫文と歌子との親密さを彷彿《ほうふつ》とさせる文面ではないか。

実践女学校設立から二年後の明治三十四年、ちょうど日清戦争から七年後、一人の清国女学生が入校した。元々両親と一緒に来日し、すでに日本語も堪能であったが、歌子の名声を聞き、ぜひここ日本で完全な女子教育を受けたいと、入学を希望したのだった。歌子は驚いたが、いよいよその時が来たのかと、体の中の血が熱く騒いだ。

ところが翌三十五年の春、いい意味での異変が起こった。この入学のことが清国で評判になったらしく、実践女学校の受付に、いきなり清から四十五通もの入学願書が届いたのだ。さあ、大変である。学内の職員間、はたまた帝国婦人協会の中で、侃々諤々の議論が沸騰した。

「まだ学校も草創の時期じゃないか。専任の教師を置かなきゃいけないし、とてもそんな大勢の外国人を教える余裕はないよ」

「日本語能力はまったくないと聞く。通訳を探すとなれば、大変だな。第一、お金がかかる」

「これは難しいね。寄宿舎も足りないよ。大至急、外国人用の家具調度品を揃えなきゃいけないだろう」

だが歌子はすでに心を決めていた。意見が出尽くした時期を見計らい、といってもほんの二日後であるが、皆の前でしっかりと目を見据え、明言した。

「皆さんのご懸念はもっともです。しかし私は、あえて留学生を受け入れようと決めました。

実践女学校の夢は大きく広がっています。国内の女性だけではなく、アジアの同朋の人たちにも門戸を開き、仲良くやっていきましょう。実践女学校はその架け橋になろうではありませんか」

そう言いながら、心中、日本がこれまで千余年にわたって中国から文化、思想、学術を学んできたことを思い、それに対する恩返しの一端になればと、ささやかな感謝の念と控えめな喜びを交錯させた。ただ、四十五名全員を受け入れるのではなく、数を絞り込んだ。

この頃、清からやってくる青年男子の留学生は日に日に数を増し、学生街である神田界隈は、どこを歩いても彼らの姿が見えた。営利目的の留学生用私塾が雨後の筍のように誕生し、どんどん留学生を吸収するが、儲け優先で、悪質なものも多い。一流といわれる官立や私立の学校で、快く彼らを迎え、自由に校門を開こうとするところは稀だった。ましてや女の学生を受け入れる女学校ともなると、極端に難しく、ほとんどないのが実状である。

「だからこそ、私たちが率先して受け入れましょう」

と、歌子は皆を引っ張るようにして訴えた。実践女学校が実質的に日本で初めて大量の女子留学生を受け入れたという意味で、勇気のいる画期的な決断であった。

だが待ち受けていたのは、どれもがお金のかかる話ばかりで、苦労の連続だ。歌子はあちこちから入る給料を惜しみなく投げ入れ、さらに帝国婦人協会の全国支部へ遊説に出かけては資金集めに精を出した。

このように清国女子留学生は年々増え続け、渋谷常磐松の新校舎では不十分となった。歌子は「それなら」と、発想を変えた。新たに留学生用に「清国留学生教科規定」というのを設けて、文部省当局の承認を得、赤坂区檜町にあった一洋館を借り受けたのである。ここを実践女学校の分教場とし、直ちに授業を開始した。

このとき歌子が政府との交渉で示した手腕は実に見事なもので、どの難題も手際よく解決し、そのために世間からやっかみを買う羽目になる。

「下田という女はどう見ても怪しい。政府高官とのあいだで何かあるのではないか」

そうでなければあんなにうまく行くはずがないと、あらぬ噂を立てられたが、歌子はそれを洩れ聞いても気にしなかった。そんな性分なのだ。

分教場は二階建てで、その二階部分を寄宿舎にあてた。一階の部屋は授業用の教室や食堂、応接室、舎監室、台所とし、中華料理に得意な日本人の賄人とコックを常駐させた。舎監は華族女学校の教え子坂寄美都子（二十三歳）と松元晴子（三十歳）の二人である。彼らは留学生と寝食を共にしながら日本語を教えた。各科目の教科書は、消灯で皆が寝たあとも漢訳し、謄写版に刷って準備した。寝る間も惜しんで一心不乱、生徒のために尽くした。

下田校長と青木副校長も尽くすという点では負けていない。毎日欠かさず分教場へやってきて、訓示や教授方針の説明などをこなし、時には授業も受け持つ。これらはすべて通訳を介してなので、経費がかかるし、効率も悪い。実際、科目ごとに通訳を要した。それでもくじけずに歌子は初志貫徹、頑張り通したのだった。

だから歌子はいつもお金、お金で追いかけられた。それは後年、留学生がいなくなったあとも、さらには晩年、現役教育者として八十三歳で亡くなる瞬間まで続いたのである。

日露戦争が終わった明治三十八年、歌子は実践女学校の教師、木村芳子を清へ送り出している。北京の粛親王からの依頼で、後宮にあたる夫人や王女たちの教師として誰か派遣してくれないかと、要請を受けていたからである。

実践女学校清国留学部の教師であった木村は、現地の言葉も話せ、すこぶる健康だ。歌子から打診を受けると、迷いもなく了承し、単身で赴任した。師である歌子の感化を受け、木村も異国清での教育に命を捧げても惜しくはないという気概で燃えている。

宮廷の奥深くに「和育女学校」という学校があり、そこで日本語を始めとして、算術、図画、習字などを教えた。後に日本軍の工作員だと噂された川島芳子も教え子の一人だった。木村はその地で日本人の成田安輝と結婚して一児を設けたが、無念にも渡清五年後の明治四十三年に急性腹膜炎で死亡した。その死は清国の新聞に大きく報道され、葬儀には大勢の人々が参列したという。

——申し訳ないことをした……。

と、歌子は自分が木村を殺したような罪悪感に打ちひしがれた。何日間か、せんもない後悔で沈んでいたが、やがて持ち前の気力を心の奥から引っ張り出した。そして、木村の高潔な決意を思い出し、日清友好に捧げた彼女の死を決して犬死にさせてはならないと、改めて心に誓ったのだった。

今や女子留学生は実践女学校だけでなく、他の学校も積極的に受け入れ、留学ブームを迎えていた。ところが明治四十一年に、あれほど権勢を誇った西太后が没すると、清国の政情は俄かに安定を失い始めた。抗日運動や日貨排斥運動が起こり、両国の友好は次第に破局へと近づいていく。日本側も帝国主義的な膨張政策を押し進め、四十三年になると日韓併合に踏み出し、風雲急を告げるのである。

そして翌四十四年（一九一一）、辛亥革命によって清王朝が倒れると、潮が退くように急速に留学生たちが帰国していった。それに追い打ちをかけたのが大正三年（一九一四）の第一次世界大戦勃発だ。在日留学生の数は極端に減って、実践女学校の留学生部でも、ほとんどいなくなった。

——夢は破れたのか……。

アジアの隣国が手を結ぶという高邁な夢は、もう遠くへ行ってしまったのか。歌子の中に虚しさと、無念さ、そしてまだ諦めきれない希望がない交ぜになり、国際政治という激流に流される自分の無力さに打ちひしがれた。

だがそんな弱気を否定するかすかな希望の光が、まだ心の奥底に残っているのを知っている。その光を信じ、今自分に出来ることをしっかりやっていけば、いつかまた希望が叶うかもしれない。それが清国で旅立った木村芳子への贈り物ではないのかと、自分を奮い立たせるのだった。

明治三十八年、歌子が木村芳子を清国へ派遣した年に華族女学校が学習院と合併し、学習院女学部となった。歌子はそこの教授兼女学部長のポストに就き、意気に燃えて改革に乗り出した。もちろん実践女学校の校長はそのまま続けている。

ところが翌四十年、社会主義者の幸徳秋水と堺利彦らに狙い撃ちにされ、冤罪をでっち上げられて、平民新聞紙上で袋叩きにあった。歌子失脚を狙う連中は多くいたが、その中でも平民新聞が与えた影響は大きく、それがもとで、同年十一月、宮内大臣の田中光顕から女学部長の免職を言い渡された。そしてそれを機に、というよりそれを奮起のバネにして、以後、実践女学校の経営に邁進するのであった。

だが、社会が歌子に非難の合唱を浴びせていたそんな時でも、歌子に対する皇室の信頼は微塵《みじん》も揺るがなかった。常宮、周宮両親王への御教育掛の職務は、周宮親王がご結婚される一ヵ月前の明治四十二年三月二十四日まで続いた。醜聞は天皇皇后両陛下のお耳に届いているはずだが、いささかも動揺されないのが歌子にとって、それまでの人生で最高に有難いことであった。そのことを思うとき、歌子は勇気づけられ、外の雑音に対する凛とした気力を再生産するのだった。

歌子は学習院免職の原因を深く探ろうとはしなかった。それが性格なのか、それとも意図的なのかは分からない。たぶんそんなことで時間を潰すよりも、今となっては実践女学校という実務の現場で思う存分、女子教育の理想を実現したいと、そんな現実的選択をしたのであろう。

明治四十三年、悲しい出来事が歌子の上を通り過ぎていった。三月に言葉に表せないほどお世話になった佐々木高行翁が他界し、十月には盟友、伊藤博文公が暗殺された。死は避けることが出来ない定めだが、それを悲しむのではなく、むしろ踏み越えて、先輩たちが期待してくれたことに向かって進んでこそ、喜んでくれるのではないか。いつかあの世でお会いしたとき、

「おう、歌子。よく頑張ったな」

と、ほめてくれるのではないか。そう心を強く持ち、前を向いて歩んだ。

そして四十五年七月二十九日、明治天皇が崩御され、元号が大正と改められた。それから二年も経たないうちに美子皇后陛下も後を追われたのである。一方、世界情勢はいよいよ緊迫の度を深め、翌年の大正三年、遂に第一次世界大戦の火ぶたが切られたのだった。

歌子を語るとき、もう一つ忘れてはならないことがある。それは「愛国婦人会」の設立であろう。日清戦争に勝利し、次はロシアとの戦いが迫りつつあるなか、国内では物心両面での準備が足りな過ぎた。西欧の国力は英国遊学時代に嫌というほど知らされ、恐怖さえ覚えている。戦争には反対だが、負ければ言語に絶する悲惨が待っている。やる以上は勝たねばならない。それは歌子の信念だが、そんな目で眺めると、どれもこれもが心配だった。

戦場では不十分な兵器しか持たない兵士たちが、飢えと渇きに苦しみながら、時には泥水をすすりつつ、祖国の栄誉と国民を守るために戦い、倒れ、傷ついていくだろう。そのことは先の日清戦争で実証済みだ。

それを考えれば、従軍兵士の家族だけは、如何なることがあっても飢えさせてはならないと考えた。また、傷つき、病を得た帰国傷病兵には、暖かい救護の手を差し伸べねばならぬ。男子は挙国皆兵の命令により、身をもって戦いの第一線に立ち、国のために殉じようとしている。しからば女子もまたその銃後にあって、それに劣らぬ国家奉仕の道をとるべきではないのか。

そんな歌子の思いを代弁し、というより自分の信念として公然と掲げ、立ち上がった一人の烈女がいた。名を奥村五百子《いおこ》という。奥村は明治三十三年、北清事変（別名、義和団事件）の慰問使として清へ派遣され、日本の将兵が辛苦をなめる戦場の悲惨な状況を目の当たりに見てきた。その体験から、翌年の四月、「愛国婦人会」なる婦人団体の設立を提唱したのだった。それに先立ち、奥村は歌子に会って、設立メンバーに加わってほしいと頼んでいる。この年は清国の一女学生が実践女学校へ入校を志願してきた時でもある。奥村は言った。

「先日、下田教授が銃後の備えの必要性について、語られていましたね。その内容を友人からお聞きしました。ああ、同じ考えの方がおられるのだと、大変、意を強く致しました。勝手なお願いで恐縮ですが、ぜひお力を貸していただけませんでしょうか」

自分より九歳上の奥村を見て、歌子はそのへりくだった礼儀正しい口ぶりに好感を抱いた。洗練された静かな人柄からは、凄惨な戦場を踏破してきた勇猛さを微塵も感じさせず、かえって凝縮《ぎょうしゅく》された芯の強さを見出した。ただでさえ決断の早い歌子であるが、この時ばかりはほとんど即座に賛同の意を表した。

それからしばらくして、歌子は愛国婦人会設立の「趣意書」を起草するよう依頼され、心魂込めて、堂々たる一文を書き上げている。そして明治三十四年三月二日、九段にある偕行社で、創設の歴史的な会合が開かれた。岩倉久子（後の宮内大臣岩倉具定公爵の妻）が初代会長だ。歌子を知恵袋に、奥村を中心として運営し、皇族・華族などの夫人を理事、評議員として船出した。大山巌夫人の大山捨松もその一人であった。

奥村は標語「半襟《はんえり》一掛《ひとかけ》」を掲げた。

「半襟一つを節約しよう」

全国の婦人が半襟（襦袢の襟の汚れを防ぐために付けた別の襟のこと）を一つ節約すれば、兵士遺族の援護は可能であると訴え、寄付を募った。

奥村と歌子らは精力的に全国を遊説して回り、会員拡大につとめた。各地に支部をこしらえ、たちまち日本一の婦人団体となった。帝国婦人協会会長でもある歌子は、先ずそこを皮切りにして組織拡大に即効性を発揮し、百人力であった。

愛国婦人会は日露戦争を契機に大飛躍を遂げ、会員数も四十六万人に増えた。はるか後年の昭和十二年になると、三百八十万人へとふくれ上り、台湾や朝鮮にも支部が出来たほどである。

日露戦争時の活動には目覚ましいものがあった。出征する軍人を送迎して湯茶の接待をし、その家族を慰問、傷病兵や障害を負った兵士への慰問、戦病死者への会葬等、銃後の守りに徹したのである。

しかし社会主義者幸徳秋水らにとって、「愛国」という言葉ほど不快なものはない。それは忌むべき敵なのだ。「国を愛する」という精神こそが軍備増強と戦争へとつながり、平和を乱す。その意味で、愛国婦人会を支える歌子は目の敵《かたき》であった。歌子が講演また講演で日本全国を遊説して回り、聴衆がその熱弁にうっとりと聞き入るのは耐えられない苦痛であった。愛国婦人会の趣旨に賛同して寄付をするのは、国を亡ぼす行為だと憤慨した。

月日は下って歌子が六十七歳のとき、大正九年（一九二〇）、愛国婦人会会長に就任している。体がいくつあっても足りない忙しさだ。樺太や朝鮮、満州にもたびたび出張した。その間にも実践女学校の校務は怠らない。それどころか、頼まれるまま、他校の校長も引き受けた。大正七年、財団法人大日本婦人慈善会経営の順心女学校（現広尾学園）校長に、また大正十四年には滋賀県にある淡海実務女学校の校長に就任した。その他、経営に参加した女学校は多くある。

昭和四年には働く女性のために、実践女学校附属の夜間女学部を設置した。どこまでも女性の味方であった。もう七十六歳というのに、病気知らずの健康で、頭脳の働きも活発である。しかし好事魔多しというのか、二年後の昭和六年、右乳房にガンがみつかり、東京帝大病院で摘出の大手術を受けた。

全快はしたものの、九年夏ごろから右上肢が膨張し、疼痛が出てきた。慶応大学病院でガン転移の治療を受け、悪化するのを止めながら、八十二歳の昭和十年八月八日、故郷の恵那郡岩村へ一時帰郷を果たしている。

顔の皮膚が焦げ付くかと思えるほどの酷暑だったが、この日は実践女学校関係者が昔の自邸跡に建ててくれていた自身の生誕地記念碑（顕彰碑）が完成し、その序幕式典に参加したのだ。

――もうこれが岩村の地を踏む最後かもしれぬ。いや、最後になるだろう。

そう思い、多くの職員や生徒たちと一緒に、懐かしい記憶を共有してもらおうと、東京からやってきたのだった。

一面に広がる濃い山の緑が夏の深まりを感じさせる。記念碑近くの途中の坂道のところで自動車を降り、わずかな距離だが、ゆっくりと、ふらつく足取りで歩いた。砂利道を踏みしめる足裏に、遠い昔、東路への旅に出た時の感触がよみがえった。石の凹凸が皮膚を刺激し、草鞋と靴の違いはあるが、当時に負けないくらいの力強さが伝わってくる。ああ、まだ自分は生きているのだという生の実感を味わった。吹き出る額の汗が心地よい。

ミンミンゼミ、アブラゼミ、クマゼミなど蝉の合唱が伸び伸びと、幾種類もの高い旋律の帯となって、大空に鳴り響いている。この鳴き声は昔と変わらない。これを聞きながら自分は育ったのだと、懐かしさが一方的に込み上げた。うるさいはずなのに、まるで音楽のように耳に心地よく聞こえた。

――あれからもう六十余年になるのか。

と、短い時間、指折り数えながら、その時々の記憶を断片的にたどった。

岩村から帰京後も、歌子は何度か激しい腹痛や眩暈を訴え、入院、手術を繰り返し、そのたびに危機を乗り越えた。だが肺水症にもかかり、体力は着実に衰え、家に帰れば病臥する。が、信じられないことに、朝になると、まるで別人になったように、定刻にきちんと学校へ出た。

校舎の新築改造工事を視察したり、車いすに座ったまま、講堂に生徒を集めて講義をしたりで、体の苦しみを気力で乗り越えて、現場に立つのだ。車いすでの講堂往復が思うにまかせなくなると、今度は生徒を校長室隣の小会議室に集めて、一語一語、ゆっくりと噛みしめるように語りかけた。時々話すのをやめ、皆の顔を眼《まなこ》の奥に永遠に刻み付けるように見た。そして、昭和十一年九月二十八日、この日が生涯で最後の登校日となったのであった。

運命はもはや歌子を待たなかった。登校日から十日ほど後、とうとうその日がやってきた。十月八日は朝から曇り空で、風もなく、やや気温は高めだった。この頃は内服薬、注射、マッサージと、在宅であらゆる加療を続けていたけれど、体力の消耗が激しく、朝、目が覚めるなり、苦しみで息も出来ないほどの状態になり、ひたすら布団の中で耐えていた。

昼前、主治医が様子を見に来たが、いつも通り、強い生命力で乗り切るだろうと思い、注射と投薬をして引き上げた。ところがますます苦しみが増し、これは大変だと、夕方には医師団が到着した。

症状を見てあわてた。何本かの注射を打ってはみたが、あまりにも悪化の進行が速い。ほどなく、極度に衰弱した心臓麻痺状態に陥った。意識もほとんど失われている。最後の人工呼吸を懸命に続けたが、それも空しい作業となった。

午後十一時。柱時計がボーンボーンと、緊迫したあわただしい空間に孤独な音を続けて打った。まるでその音が終わるのに合わせたかのように、歌子はすやすや眠っているような穏やかな寝顔で、次の世界へと旅立った。不思議なことだ。いっさいの苦悶を表情にあらわさず、あれほど苦しんでいたのが嘘のような安らかな旅立ちだった。窓から見える松の木が、深い闇の中で、静かに過ぎる秋の呼吸をしていた。

遺骸は東京音羽の護国寺に埋葬され、その二ヵ月足らず後、恵那郡岩村の隆崇院平尾家墓地に分骨埋葬された。花も嵐も踏み超えた八十三年の波乱の生涯が幕を閉じたのだった。

参考文献（順不同）

左記の文献を参考として使わせていただきました。有難うございました。

・平民新聞　風媒社
・妖婦下田歌子　南條範夫著　風媒社
・妖傑下田歌子　志茂田景樹著　ＰＨＰ
・花の嵐　林真理子著　新潮社
・ミカドの淑女　故下田校長先生伝記編纂所
・下田歌子先生傳　実践女学園一〇〇年史編纂委員会
・実践女学園一〇〇年史　橋川文三著
・乃木希典と下田歌子　半藤一利著　ちくま文庫
・山形有朋　山室信一著　岩波書店
・日露戦争の世紀　西川誠著　講談社
・大日本帝国　大濱徹也著　講談社学術文庫
・乃木希典　小田部雄次著　文芸春秋
・四代の天皇と女性たち　松本清張著　文芸春秋
・対談昭和史発掘

・伊藤博文と明治国家形成　坂本一登著　講談社学術文庫
・日本の歴史5　河出書房新社
・文学作品に見る下田歌子　実践女子大学短大教授　小林修著
・巡査　国木田独歩　新潮文庫「牛肉と馬鈴薯・酒中日記」
・青年　森鴎外　新潮文庫
・幸徳秋水の平和思想　森下徹著
・菅野スガ（須賀子）の表象　関口すみ子著
・石川啄木全集第八巻啄木研究　株式会社筑摩書房
・明治維新とハプスブルク家　新井宏著
・明治大正期の富国強兵論と現代　小川哲夫著
・ウィキペディア

参考文献（順不同）

なお、孫文の下田歌子宛て漢文書簡の日本語訳について、国際日本文化研究センター教授・総合研究大学院大学教授の伊藤貴之氏にご教示いただきましたこと、厚くお礼申し上げます。

また文中に差別用語や社会的に不適切な表現がありますが、当時は一般的に使用されていたので、本小説ではそのまま使わせていただきました。

著者略歴

1941年生まれ。大阪府立天王寺高校を経て、大阪市立大学経済学部卒業後、川崎重工業に入社。営業のプロジェクトマネジャーとして長年プラント輸出に従事。20世紀最大のプロジェクトといわれるドーバー海峡の海底トンネル掘削機を受注し、成功させる。後年、米国系化学会社ハーキュリーズジャパンへ転職。ジャパン代表取締役となる。退社後、星光PMC監査役を歴任。主な著書に『龍馬が惚れた男』『サムライ会計士』『大正製薬上原正吉とその妻小枝』『この国は俺が守る』『我れ百倍働けど悔いなし』(以上、栄光出版社)、『ドーバー海峡の朝霧』(ビジネス社)、ビジネス書『総外資時代キャリアパスの作り方』(光文社)、『アメリカ経営56のパワーシステム』(かんき出版)がある。

凜《りん》として

平成二十六年十一月二十日　第一刷発行
令和　二　年　七　月十五日　第四刷発行

著　者　仲《なか》　俊《しゅん》　二《じ》　郎《ろう》
発行者　石　澤　三　郎
発行所　株式会社　栄光出版社
〒140-0002 東京都品川区東品川1の37の5
電　話　03(3471)1235
FAX　03(3471)1237

検印省略

印刷・製本　モリモト印刷(株)

ISBN 978-4-7541-0146-6